私の外で

HORS DE MOI

自己免疫疾患を生きる

CLAIRE MARIN
クレール・マラン 著
鈴木智之 訳

ゆみる出版

私の外で　自己免疫疾患を生きる

病者　ラテン語の male habitus より
「悪しき状態にあるもの」

幸福な結末は訪れないだろう。少なくとも、今分かっているかぎり。これは、くり返し悪くなっていくだけの悲劇的な物語。溜息や、うめき声や、涙や、叫び声や、苦痛や怒りのあいまに沈黙が挿入される。緊迫した生。裸の体が人の目にさらされる。少なくとも、私の体はそう。みだらなストーリー。

私の裸体を見た者たちのほとんどは、何の欲望も抱かず、それに触れていった。彼らは、処置をし、検査をし、手術をした。病む人の生をさらしものにするのをためらわせる理由が、まだ何か残っているだろうか。病いによって慎みが取り払われて、それがその人の存在全体に感染する。何度も開かれては閉じられる体をさらすことに、もう何も感じない。肉体が人の手で巧みに修復され、保全されることを、あきらめて受け入れる。それはもう、人々が手を突っ込み、けれど触れることもなく通り過ぎていく物でしかない。私の体は聖域ではない、それはもう私のものではない、私にはそれに及ぼす力も権利もない。病人には、身体との内密な関係が許されていない。この経験は、傷を残さずにはいない。それを語ることが、本当の意味で暴力となるわけではない。悪しきことはすでにもうなされている。

生きているということが当たり前の時には、生は静かなままである。自明のものとして生きられている生は、問い直されることがない。それは抽象的な実体、教科書のどこかに書かれているだけのこと。それは問題にはならず、私たちの存在の問われざる前提となる。人は生の使い方を知っており、生はそれに応えている。生の現実がもっている力さえ、人は感じ取らない。その力が自然なものに見えるあいだは。生は私たちの習慣であり、確信である。その時、生は容易に享受され、単純にあふれ出る。しかし、身体が崩れ落ちて、警戒が解かれてしまうと、生はしばしば驚異となり、失望となる。私自身を守っていたものが裏切り、私をただその弱さの中に放置してしまう。こうして無防備の状態に置かれてしまうと、人はもはや傷つきやすさそのもの、開かれた傷そのものとなる。

当たり前の健康な生。息をし、瞬きをし、飲み込み、立ち、歩く。体の中に備わったこの小さな装置、日々の生活の中で動き続けるつつましい小さな機械、それは私たちを支え、日々の活動の細部に対する関心を免除してくれる。ゆったりとして控えめなので、私たちの視界からは消えている。

数年前、私は一生付き合っていかねばならない病気と診断された。それがあなたを食い尽くしてしまうまで、あなたの道連れになるような病気のひとつだ。あなたの中にずっと居座る病気、あるいは、陰に身をひそめて、はじめからずっとそこにあった病気。それは、あなたを欺くために、あなたが自分は元気なのだと感じる年齢までじっと我慢していたのだ。だから、一緒に生きていくしかない。あるいは、なしで済ませるしかない。つまり、その病気が今後一切禁じてしまったことのすべてを、なしにして生きることを学ばなければならない。禁止事項は、病いの強制条約を累積させ、一緒に摂ってはいけない化学物質を増やしていく。その体にはもうできないこと、治療のために禁じられること、衰弱した精神には想像もできなくなることがある。

病いを語る言葉はほとんどいつも否定的なものである。禁止と断念を語る言葉。それをする権利がないということを思い起こさせる。見直され、縮小された、生活の決まり。どんどん厳しくなっていく。緊急停止帯を走り続けている。万力に挟みつけられている。できることがなくなっていく。

しかし、病いは同時に、眠っていた感性を目覚めさせる。どんなことでも、以前にもまして心を動かすようになる。

病いは新しいリズムを呼び込む。苦痛によって身体の動きにブレーキをかけられてしまった人々のことだから、それはゆっくりとしたリズムなのだと思われるかもしれないが、そうではない。むしろ反対に、病いは生活を加速させる。一瞬の現在の哲学を押しつける。その現在は濃密で、強度に満ちた、妥協のないものでなければならない。病いは私たちの生活に、はっきりとした痛みに向き合う姿勢を強いる。感覚を強化し、他の人たちとの関係を急がせる。ぐずぐずしている暇はない。

知覚を鈍らせ、弱らせ、穏やかにする習慣の効果に逆らうことができるこの力の中には、どこか魅力的なものもある。病いは、高揚させ、興奮させる。すべてがより荒々しくなる。心臓の鼓動があまりにも強くなる。

病いは私たちを、度を超した生命の活力の中に投げ込む。こうした生命体の性格は、治癒だけを目的とした臨床の語りからは無視されている。それは、この経験を矮小化してしまうことだ。まちがいなく、病いは、存在のもう一面の経験であるというのに。

私という存在の当たり前の脆さ。生の暴力と、生命体の脆弱性。単純で穏やかな生活が営まれているように見える時に、病いが自分に優先権があることを思い起こさせる。獣の叫び声が、夜のまどろみを切り裂くように。

この病い、それは最良の伴侶である。生にとって。完璧に忠実な伴侶。関係は情熱的にいつまでも続く。それが慢性の病い（maladie chronique）である。その語源が示すように、それは私の生活にリズムを与え、その時を計り、テンポをもたらす。それとともに時間が生まれる。創世のごとく。それ以前とそれ以後が生まれる。永遠を断ち切り、時の流れを、すなわち失望と失墜をもたらす神の介在のごとく。しかし、その起源の日を定めるのは難しい。それは無から（ex nihilo）ではなく、自己の内から（ex mihi）現れるのだ。それはいつも自分の中にあったものだ。目を背けられ忘れ去られていた可能性が、そのことに気分を害して、怒りとともに目覚めるのだ。その日付をとりあえずどこかに定めておくことはできる。この複雑な物語をたどり直すための出発点を。「いったい、いつから」と問わずにはいられない。それに対して、穏やかに姿勢を正して「ずっと以前から」と答えることはできない。それはどうにも、行きすぎた、こわばった態度に見えてしまう。悲劇が脇道にそらされてしまったように見える。それでも、病いは悲劇なのである。それは、私たちの地上における凡庸な生活の中に超越的なものを顕現させる供儀であり、それに抗する一切の努力をむなしくさせる粉砕的な力である。それに抗する一切のエネルギーが、それを増幅させるだけである。というのも、病いはそこから力を得ているのだから。私は私自身の最悪の敵である。私の細胞は、私を守ろうとして自己破壊してしまう。

私の生は壮大な誤解であり、免疫的な過失であり、二次被害である。私の体は、それを守ろうと思いながら、自らを攻撃してしまう。かなりおかしなことだ。私の生物学的な存在を、どうしようもない過失、明らかな盲目性、明白であるとともに避けがたい、分かりやすく単純な問題として要約するということ。細胞は耳が聞こえない。私がどれだけ叫んでみても無駄だ。その長々とした訴えは、むなしく消え去ってしまう。

理由のない病い。なぜそれが現れたのかは分からない。かろうじて分かっているのは、女性や若者や黒人がそれに罹りやすいということ。私は白人の女だ。何らかの遺伝的なつながりがあると言われている。罹りやすい体質があるのだと言う。きっかけ要因としてはストレスが重要だと書かれている。それから、おそらく、何らかのワクチンが。次々とわいてくる問いに対する、たくさんの「おそらく」。その問いを押しとどめることができない「おそらく」。知識が増えれば増えるほど、自分の無知の領域が広がってしまう。ほとんど何も分かっていない。何とか症状を抑えようと試みている。どうすれば治すことができるのかは、もちろん分かっていない。

この病気を治すことはできない。一瞬理解に苦しむ言葉だ。そんなことは信じられないように思える。それに、あなたがそう言うと、疑問を投げかける人もいる。心臓の移植ができ、顔の整形ができ、人工器官が作られているこの二十一世紀に、どうしてこの病気が治せないことがあるのだ。憤りが高まると、こんな恥ずかしい事態を招いたことで、あなたを非難しかねない。ここで、「科学の進歩」というお決まりのカードが切られる。多分もうすぐできるようになる、あれもこれもそうだったじゃないか、だから今にね……。私はそんな言葉は聞きたくもない。それは私を苛立たせる。この人たちは、私が治らないということを理解したくないのだ。それでも私は、その人たちを慰めるふりをするつもりもない。

私は治らないだろう。私は、残りの人生をずっと、病いに冒されて生きるのだ。私はそのために死ぬだろう。運よくどこかのウイルスが私の弱さにつけこんで、その病気の優先権を奪ってしまわない限り。そこに、私の晩年の確かな姿がある。私の死の顔が、私の顔である。私は確実に、少しずつ、私の内側から破壊されていく。

内側で起こっていること、この体の中で作動する残酷な生命過程が私という人間の残りの部分を侵していく。私は、自分の中で行われている戦争に無関心ではいられない。この身体による身体への裏切り、自分が何をしたいのか分からず、自分自身を破壊し、取り乱し、困惑と怒りの中で自らを犯そうとする生命のスキゾフレニーに対して。私はその恐ろしさを知っている。日々の苦痛の中で、それが身震いし、遠く反響しているのを感じる。私はその恐怖を知っている。私の体がそれを伝えている。私はそれを聞かずにはいられない。私はそこに自分自身を見いだす。

破壊（démolition）が進んでいるのが分かる。私の破壊が。私は失われた領地、あるいは失われようとしている領地を数える。夜間に略奪が行われている。夜のあいだに、痛みが攻撃を仕掛け、踵や手首のしなやかさを奪っていく。簡単な動作が簡単でなくなる。いろいろなことが厄介になる。

別の生が現れる。浸食していくように。それは過去のしるしを消していく。長年のあいだ、私の生は、単純できれいな道筋を、さらりと引かれた、ためらいのない線を描いてきた。けれどもその後、気づかぬうちに、手つきに自信がなくなり、文字はよじれ、文章はほとんど読めないものになっていった。存在がぼやけていく。そこに、なお意味を与えるための策を編み出さなければならない。

進むべき道が放棄される。過去の生活は焼き払われてしまう。別の生活を立ち上げなければならない。自分の中では、何もかもが綻び、傷んでいるというのに。密かな解体が進行している。存在のすべてをとらえる、身体の解体。見えないところで進むこの崩壊（désorganisation）によって、生活は揺さぶられ、荒廃していく。

私は私自身の解体（déconstruction）に直面する。それは、抽象的で魅力的な哲学的概念ではない。それは身体と意識のひそかな瓦解（désagrégation）である。意識は、そのあらがいがたい進行を確認することしかできない。解体は、私の生物学的機能の隠された原理である。診断がなされた時から、逆流を始めた生の要求によってすべてが定義し直される。たえず自分自身を解体していくこと、どこにも支えをもたないということ。何一つ安定したものはなく、休みなく更新される疑念にさいなまれる。自分が何者であるのかが常に賭けの対象となる。解体されざるもの、永続するものの存在をひとつも信じられない。土台としての身体も、停泊すべき港も、支点もない。信用しないこと。とりわけ、自分自身を。

常軌を逸している。この病気はどんな論理からも外れている。体が、怒りのあまり、外にある物にではなく、自分自身に襲いかかっているかのようだ。うっぷんを晴らすために壁を殴りつける時のように。ほとんどの場合に、自分一人で、自分を苦しめている。

生活は綻びていくだけである。糸を引っ張って編み目をほどいていく子ども、波にさらわれていく砂の城を見ている子どものように、魅入られている。そんな風に魅了され、受け身になって、私は、これまでの自分の生が、気のふれた身体の刃の下で消えていくのを見ている。

私は、自分の過去の道筋をほぐしていくことで、自分自身を発見する。病いによって、私の生活はすでにひとつの破局と化している。文字通りの意味で。すべてひっくり返ってしまった。私は死の論理を借り受ける。そんな風にして、私の中で生が戯れている。生は私をもてあそぶのだ。日ごとに、身体の苦痛なうめきの中で、破壊は進んでいく。

もちろん、何食わぬ顔をすることはできる。けれども、ある朝、状態は急変し、なすすべもなく衰弱をもたらす苦しみによって、見分けがつかないほどにやつれたその姿が、否応なく目に映る。

悲劇的な、誇張された表現ではない。それは記憶なのだ。私は何が私を待ち受けているのかを知っている。ほかの人たちはそれをすでに経験している。もちろん、それぞれのやり方で。あとは、私なりのやり方を生みだしていくだけ。

この内なる厳粛な原理に、どうすれば慣れることができるのか。この健康と病いとの、疲労と喜びとの、苦痛と高揚との往復に、いかなる生が適合しうるというのか。感情の気圧とでも言えそうな、対照性と強度と両極性の論理。安定はない。均衡状態はない。苦しみの閃光のような発作、数秒の雷鳴が麻痺させ、時間を止める。そうして、正常な生、人間的な、時に穏やかな感情が身体を取り戻す。苦痛の空間の中に宙づりになったつかのまの一瞬。

悲劇を待ちながら、何食わぬ顔をする。発作を待ちながら、その攻撃を待ちながら。この休息を信じるふりをする。執行猶予期間に身を置く。そうして、そのたびにいつも、自分が覚えているそれよりも強い苦しみに見舞われることになる。それにも耐えられるだろう、慣れてしまうだろうと思った自分を呪う。しかし、この迂闊さゆえに、少しだけ自分が保たれているのだ。

エネルギーも、力も、気力も、意志も無くなっていくので、あるいはすでに無くなっているので、それまで自分を駆り立てていたもののすべてを放棄してしまいたいという気持ちが強くなる。希望とか、将来の計画とか。病いの要求にしたがって、修道士の規律を自らに課すこと。そして、その禁欲を主導原理とすること。多くを求められないような簡単な仕事を引き受けること。ありとあらゆる闘争や対立から逃げ出すこと。自分の弱さが見えてしまうような状況を避けること。自分が役立たずになってしまうような状況を。自分のことは忘れてもらうこと。死んだふりをすること。これほどまでに逃れがたい依存状態があるのだとは、人々は思ってもみない。そんな人々の無理解をやりすごすこと。けれども、苦労とリスクを抑えようとすることが、少しずつ希望を奪っていく。私はそれを軽く見ていた。もはや何一つ自分を駆り立てない、高揚させない、もはや何一つ自分を生きいきとした状態に保ってくれない、そんな生活に閉じこもる。果てしない昏睡のような休息と、癒しがたい疲労の記憶にしるしづけられた、生彩のない、反復的で、ぼんやりとした生活。その疲労は、眠ると少し収まるように思える。悪循環の中にいるみたいだ。

それは、職を退くことに似ている。それまで自分の人生を形づくってきたものを、承知の上で放置すること。ずっとそばにいた友人を途上において失うこと。それでもどうにかして、これまでのように生き続けなければならない。他の人たちは、自分たちにとって当たり前のことが、私たちに要求する苦労を理解できない。

怒りが私には当たり前なものになっている。それは私の中に居座り、出て行こうとしない。それでも、怒りを感じずに生きていたことを覚えている。怒りは、恥じらう素振りもなく上がりこんできて、私がうっかりしていたことにつけこんで、自分の土地だと言わんばかりに身を落ち着けてしまった。怒りが姿を現すために、体と顔を必要としている。そして私のそれを選んだのだ。

時には、怒りのエネルギーしか残されていないことがある。それが絶えだえの息とかすれがちの声を支えている。それが崩れかけた体をギュッとはさんで、立たせている。それが私を目覚めさせ、私を起き上がらせようとする。それは孤児《みなしご》の怒り。誰もぶつける相手がいない。この耐え難い思いをぶちまけるべき責任者がいない。それは、体の中に刻み込まれた苦痛が残した、激しい昂ぶり。理由もなければ目的もない苦痛。理不尽。誰かが悪いわけじゃない。罰すべき人、非難すべき人が誰もいない。暗闇の中に、盲目の中に投げ出す未定型の暴力。それは私たちを、逆上した想像力が組み上げる悪夢のような表象へと委ねる。言葉はあまりにひ弱い。この苦痛に与えるべき名が見当たらない。病名は、その病気が押しつける苦悶に見合っていない。病名が語るのは、医者たちの妄想だけ。おそらくは、医者たちの密かな不安と、発見者としてのその矜持だけ。そんな風にして彼らは自分の意のままに動かせると思っている。でも、病いは私たちにとりついているのだ。それを名づけ理解することは、私たちに、その病いについての幻想の力を与えるだけのこと。

怒りは、私にとっての病いのしるし。怒りは、人の声に耳を貸さない、執拗な病いの表現。それを忘れ、消し去り、もうとりつかれたくないと思っている私よりも執念深い。その怒りは、医学の教科書には書かれていない。哲学的エッセイの分析の内にも見いだすことができない。けれども、どんな症状にもまして、その怒りこそが病いなのだ。怒りは、病いが灯した火、体に刻み込んだリズム、呼び覚ました飢え。病いが罰として預け入れた、この満たされなさ、この苛立ち、この屈辱。

この病いは、私を私の外に連れ出す。怒りは、この耐え難い剝奪を語る。私は、私自身の生、私自身の身元から切断されてしまう。私はもう、これまでの私自身ではない。それは、自然の消耗、老いてゆく生命体の避けがたい息切れの結果とは違うものだ。私にはもう私自身が見分けられない。写真の中にも、想い出の中にも。この病いは私を見知らぬ誰かにしてしまった。自分自身を取り戻すためには、もっと闘わなければならない。自分の顔、かつてのほっそりとした体を取り戻すために、私は食べることをやめる。眠れない夜が続いたしるしを隠すために、私は顔を陽に焼く。私には権利がない。けれども、それはまだかろうじて自分自身を見分けるための唯一の方法なのだ。私は、機能増進のための、けれども私の顔をリスの顔のように膨れ上がらせる治療を増やすことを拒否する。これ以上見た目を変えてしまうなんてとんでもない。私はこのムーンフェイスを、フグのようにふくれた頭を求めていない。この見知らぬ顔にたじろいだまなざしが、行き場をなくしてしまう。私はもう、鏡を見ることをやめる。体の変わり方が早すぎて、内なる身体図式が追いついていかない。記憶がかつての私の遺品をうやうやしく保存している。記憶はその遺品をもとに、かつての自分を理想化する。見比べることがもっとつらくなってしまう。

そんな怒りにかられる時にも、自分が口を閉ざさなければならないこと、こみ上げる憤りを周囲の人々に差し向けてはならないということを、私は知っている。そんなことをしても何の役にも立たないことは分かっている。そんな時には、うずくように、くり返し声が発せられる。それは、酔っぱらいが輪舞を踊る時のように舞い戻ってきては、私の頭にのべつ幕なしにくり返される同じ言葉を植えつける。「私はもう生きていない。私は死んでいる」。そんな言葉が私の中に侵入し、心を満たしていくのに任せる。反復がそれをすり減らしていくことを願って。けれども、くり返していくうちに強まってしまう。暴力が沈黙の檻の中で渦を巻くうちに、また新たによみがえっていくかのように。このつらさの流出がほんの一瞬私の重荷を軽くしてくれるためには、ちょっとした言葉を人質にさしだすだけでいいということを、私は知っている。けれど、その言葉たちがひどく傷を与えることがないように、私はそこから力を抜き取り、穏やかに伝わっていくように努める。私は言葉の調子を滑らかにする。自分で望んでいたようには解き放たれていないと感じる。怒りは相変わらずそこにある。私の奥底に身をひそめて、病いが私を置き去りにしたこの内なる荒廃の中でうごめく唯一の力として。時には、この解体を私の外に送り出そうとすることだけを願うようになる。ひどいことをしたいという欲望。在るものを壊したい。ここを出て行って、絆を断ちきって、すべてを破壊してしまいたいという欲望。この力を、ただ耐え忍んでいるだけでなくて、行使してみたいというただそれだけのために。目的もなく。何を得るためでもなく。

時には、怒りはおさまっていく。嵐が去ったあとの海のように。それは残していく、窪みを、波が岸を削ったところに。それは、さしせまった要求の痕跡を残す。叫びと、力と、焼けつくような痛みがあったことの痕跡。もう前と同じには戻れない。誰かが主張するように新しい規範を内在化させるわけではない。病いは規範を作り出さない。それは規範を揺さぶり、覆し、私たちをそこから引き離す。

もうあとは黙るしかない。言ってもなんにもならないから、時には言うだけ損をすることもあるから。言葉はいつも、つらさに遅れをとり、ぎこちなく、不釣合いだから。言葉はつらさの質を変える。曖昧な叫び声を、はっきりと区切られた音に変えてしまう。こんな風につかまえてしまおうとすることが、すでに何か違うのだ。どうすれば意味の中に、意味のないものを収めることができるのか。苦しみを、論理的な文の構成にしたがわせようとすることができるのか。私の腕の血管から火のように立ち上がるものがあり、私の指の先から逃れていくように思える。苦痛の閃光は私がはっきりとそれを認識するよりも前に私をとらえる。言葉はそのひらめきに対してどうしようもなく遅れてしまう。私をむしばむこの語りがたきものを、どうすればいいのだろう……。

たくさんの言い方を習ったのに、焼けつくような痛みと身体の叫びがもたらすこの見慣れない表現を前に、声をもたない。腕が、腰が、足がはじけだす。勝手に動きだそうとする意志、体のほかの部分から切り離されようとする欲望、それが私の中に生じている、私の中に感じられる。けれども、論理のねじれや文法の解体など、本当に取るに足らない技だ。文は息切れし、単語はバラバラになる。それを壁に投げつけ、破壊し、破裂させ、言葉を苛め、大音響の音楽に酔う時のように、乱暴に痛めつけ粗野に扱うことに酔う。一つひとつの身ぶりや態度が、それぞれの形で、どうやっても鎮まらない内なる暴力に応えたいという同じ欲求をくり返し表す。滅茶苦茶な言葉を書きなぐり、誰かに当たり散らす。でも、それは何ももたらさなかったし、やったところでどうにもならない。それは、このありふれたふるまいが引き起こす激しい苦痛のことなど想像もせずに、自分の脇をかすめていった。そんなことをしても、自分の痛みが和らぐわけではないけれど、そうやって私は憂さを晴らす。少しだけ。でも、あの人たちにはどう言えばいいのだろう。衣服の下の青あざ、ほんの少しひっかけただけで裂けてしまう肌、脱がされたセーターについている髪の毛、外れてしまった鬘を……。

私はぼろぼろに崩れていく、剥れ落ちていく。言葉のもつ穏やかに整えられた秩序、構造は、突然跳ね上がり吹き上がる身体、密かな拷問に対して、もう何の役にも立たない。私に何を白状させようというのだろうか。

私は口を閉ざすことを覚える。私がもう前と同じようには生きられないということを、人は理解することができない。私が嘘をつくことをみんなは求めている。社会的に生きているということと、病んでいるということの二律背反が、私に沈黙を強いる。私が彼らのそばに留まりたいと願うのならば。私は家族や友達には、自分の苦痛を語らない。多分彼らはそうは思っていないだろう。沈黙しながら、私はすでにしゃべりすぎているのかもしれない。

二重生活が組織される。誰かれとなく分かってもらいたくて、自分の不在と弱さ、みんなが期待していると思うことに応えられないことへの言い訳をしたくて、みんなにすべてを話したいと思う最初の時期が過ぎると、自分にとってはとても大事なことを示しているように感じられる細部を、みんながそれほど気に留めていないということ、自分のストーリーがそれほどみんなの関心を引かないということに気づく。病いは、自己愛的な傷を開く。けれど、なんといってもそれは、人を怖がらせ、遠ざける。人をうんざりさせ、不安にさせ、距離を穿つ。それは絶対的な経験である。それは、すべての橋を断ってしまう。それは孤立させる。それは純粋なエゴイズムである。エゴをそれに対峙するだけのものにしてしまう、一対一のつきあわせの中に押し込める。それに打ち勝つか、観念してしまうかということにだけ、意識を封じ込める。

嘘をつくということではない。嘘をつくためには、何が本当なのか、何が本当に起こるのかを決められなければならない。確信がなければならない。でもいったい誰が確信をもてるだろう。病いは、何かに賭けたりしないことを教える。あるいは、いつも色々なシナリオを検討することを。複数の生が平和的に共存するところに新しさがある。私は複数の言語を話し、それだけの数のやり方で生活について考える。どの言葉を使うのかは、話し相手によって調整する。それは嘘をつくことではない。それぞれの人が理解することのできる、あるいは我慢することのできる種類の情報を、それぞれの人に示すことだ。

病人は愚かな存在だ。自分の苦痛の中に、責め苦である自分の身体の中に、病いにとりつかれ、苦しみに占領された頭の中に閉じこもっている。病人はもう、他の人と同じようには話さない。もう、未来形で活用する文章には慎重になるしかない。条件法の存在なのだ。もし元気になったならば、もし治ったならば、もし入院していなかったら、という条件がそれぞれの文に暗黙の内に付されている。単純法未来は存在しない。将来への自発的な投影は存在しない。思考の跳躍は、身体の跳躍とともに、その生命の分節化にのしかかる見えない重みによって妨げられている。運動は、希望とともに、どんどん緩慢になる。

病いは病む人を他の人から切り離す。病む人は皆、自分の苦痛が他に並ぶもののないものだと頑なに信じ込んでいる。誰も本当に理解することはできないのだと。他の誰もそれを経験することはできないのだと。快楽もまた、それがどこまでも自分だけの経験なのだという幻想を生みだす。しかし、誰もその特権に不満をもらしたりはしない。

私たちの苦痛は、他の人たちの苦痛を、よりいっそう自分には無関係なものにしていく。まるで、自分の苦しみの湧出が、他の一切の訴えを耐え難いものにしてしまったかのように。病いが自分を衰えさせ、弱らせ、脆弱なものにしていけばいくほど、それは自分の盲目性、鈍感さを増していく。共感のためのエネルギーはもう残っていない。苦しみが増していくと、人々が互いに保っていた束の間の均衡が破られていく。伝え合うことの可能性をあえて考えようとしない。誰も私の苦痛を理解できない、誰もそれを取り払うことはできない。強い睡眠薬を飲んで、意識をなくして、夢も見ずに眠りにつくだけ。それが、ほんのわずかな休息を与えてくれる。

私の地下の生活にもたじろがない人たちがいる。その人たちは、私の物語の中にとどまっている。

何が私を今もひとつの塊のままにとどめることができるのか。体が日々、内側から小さく崩れていく様を語り、その一つひとつを記録しておくよりほかになすすべがない時に、何をしようがあるのか。この病いが、ゆっくりと焼き切っていく糸を、誰がつないでくれるのか。

私は落下する石のようだ。唯一確かなことは、衰弱を抑えられないということだけ。それでもまだ悪化からの反転を望んでいるとすれば、それはただ、衰弱の確かさがもたらさざるをえない狂気を免れるためだけのこと。病者は、肉の重みを負わされて、もはやひとつの重量でしかない。常に落ちていくだけの。空気抵抗だけが、その存在を確かなものにしている。だが、この落下はスローモーションで進んでいく。それは、一〇年、二〇年、あるいは三〇年続く。推定することは難しい。誰もはっきりとは告げてくれない。医学辞典だけが例外。ずっと直接的だ。あなたにそれを告げる時に、あなたのことを見なくてもいいから。

私の体は、終わりのない雪解けの季節に入ってしまった。私はじきに液体人間になる。少なくとも、どろどろに溶けて流れ出す。薬の注意書きにはっきりと書いてある。病いと治療の合併効果が、必ず漸進的な衰弱をもたらすと。筋肉が溶けて、骨が脆くなり、私の体は知らぬ間に崩れていく。音もなく、雪崩打つこともなく、静かに、陽の光にとろける雪のように。熱を受けた蝋の塊のように、私は不透明性を失い、透けて見えるようになるだろう。静脈はもう、コルチコイド〔副腎皮質ホルモン〕によって薄くなった皮膚の下に見えている。私は抵抗力を失ってゆき、鞭は柔らかな肉に食い込むようになる。私は、自分の中にある炎、内戦の炎にあぶられて形を変えていく。熱く溶けた蝋の溜まりの中に、白熱した蝋燭の形を見つけることはできない。誰がそれを私だと分かるだろうか。

落下は夜の内に起こる。昼のあいだは、だんだん痛みが強まって、いつも、眠りがこの増進する感覚を鎮めてくれるだろうと期待している。けれども、眠っているあいだに、鎮痛剤と睡眠薬の効果が薄れていくと、落下が加速し、墜落して砕けてしまう。真夜中に、激しい衝撃で、叫び声やうめき声をあげながら、ベッドから飛び起きる。汗をかいて、投げ捨てられたマネキンのようなばらばらの姿勢で、壊れている。腕や脚が勝手な方向に折れ曲がっている。もうどうやっても、胴体につなぎ直すことができなくなってしまったみたい。ベッドに倒れているのではない。それはもっと深いところへの落下、自分自身の体の中への落下。この病いの一番つらい症状が現れる前から、私は、真夜中に手足がばらばらになるというこの奇妙な習慣が身についてしまったことに気づいていた。私は、おかしな恰好で目を覚ました。自分の体をつないでいる蝶番が外れてしまったかのように。警報システムが瞬時にドアというドアを閉ざしてしまうように、すべての関節が同じ屈折の動作を起こすのだ。ふくらはぎは太ももに向かって折れ曲がり、腕は肩にかかり、手首がギュッと折れて、爪が掌に食い込んで跡を残すくらい手を固く握りしめ、親指はその固まった繭の中に隠れていた。歯が頬の内側を傷つけていた。私はこの緊張に消耗して目を覚ました。体の節々の痛みに疲れ果てて。夜は昼間と同じくらい私を疲弊させた。

すでにばらばらに壊れていこうとしていた。病いは、私の関節を一つひとつ外そうとしていた。哲学は、現実の区切りに気を配って、分析を通じて、その自然な分割を見いだそうとする、あの考える人のイメージを褒めたたえるのだということを、私は知っている。しかし生きている存在は、細かく、さらに細かく分割されるようにできているわけではない。

痛みが、手首の窪みに、腕の中に、腰にほとばしりでる。筋肉が、見えないところで圧《お》され、ねじられ、激しい脈動が、体の内側に新たなリズムを押しつける。規則正しい心臓の鼓動が、この律動によって揺さぶられる。昂る時と、鎮まる時とが、交互に訪れる。西の風、風力四、子どものころに見た海洋の天気予報の記憶が、その感覚にともなう言葉の切れ端を沸き立たせる。炎がおさまり、またあとでもっと強く燃え上がる。火は思ってもみなかった所で再び燃え上り、向きを変える。それは、内側で燃え続ける。私の体は、いつまでも燃焼する炭である。

それはほんのちょっとした転倒から始まった。階段で、転んだだけ。少なくとも、それが始まりだと思える。それ以前にも、兆しはあったのかもしれない。普通ではないことが。でもそれは、疲れとか、ストレスとか、苛々のせいだと思っていた。転倒、それは記憶にとどめやすい象徴的な始まりだ。不注意な転倒。階段を踏み外し、足首を挫き、転んで頭を打って、気を失う。そのあと、ほかのいろいろなところでバランスが取れなくなったり、失神したりするようになる。でも、まだそれほど深刻なわけではなかった。不安と疑念を抱いたまま三年が経ち、そのあいだに症状が広がり、悪化し、ようやく診断がついた。迷路をさまよい、仮説が樹形図のように広がっては、破棄されていった。もしかしたらという感じで、提起された仮説。空白を埋めるための、分かったふりをするための、あるいは、理解を拒絶するための。三度、医者は自己免疫疾患を示唆することになる。その内二度は、もっと詳しい同僚によってはっきりと否定されることになる。三度目に、入院による一通りすべての検査の結果、疑いの余地がなくなり、一介の町医者の方が正しかったことを告げる。彼は、一番はっきりとしない症状、彼の同輩たちが一番軽視した症状、私にとってはいちばんしんどい症状、つまり、激しい疲労だけを診ていた。

もうひとつの症状のことも、きっと彼らは無視したことだろう。私はそれを、彼らの前では口にすることもなかったのだが。私にとっては特に大事な症状。私は字を書くことができなくなっていった。私の手は乱れ、字がぐにゃぐにゃになっている。たんに形が悪いというだけではない。もっと根本的に、書くための運動能力が削がれているのだ。手は時々、心の中に浮かんだ言葉を書き取らせようとしても、それを記すことができなくなっていた。手は、変な形の文字を作る。原初的な衝動に応えるかのような。放電されて、手が痙攣を起こし、むやみに言葉の切れ端を書きつけているかのような。そこにはもう、以前のようなきちんとした書体の跡を見つけることもできない。まるで、文字が私の意志から解き放たれて、手が揺れて、小さな隙間ができると、そこから抜け出して、だんだん勝手に動き出してしまうかのように。手は、震えながら、窮屈な枠組みから、規則に沿って整えられた思考の枠組みから逃れようとしているのだ。文字は箍《たが》を外されてしまった。医学的には、それは神経系の混乱のしるしである。症状のリストにも載っている。けれど、私にとってそれはもうひとつの意味をもっている。今までとは違うやり方で書かねばならなくなったのだ。

そういうことはいつもどうにかなるのだと、事態は良い方向へ向かうものだと、あなたに教え込む人がいることだろう。私はそこから抜け出すことができるだろう、この状況を脱することができるだろう、優れた治療によって私は再び自分の足で立ち上がるだろうと。でも、一体どんな足の上に。私は自分を自分の手に取り戻すだろう。でも、一体どんな手に。私は回復するだろう。私は病いに落ちて、〔＝転んで（*tombée*）〕しまった。足首は私の体のわずかな重みでよろけてしまう。私の手は、夏でも伝わってくるこの寒さのせいで震えている。私はこの転倒から再び立ち上がることはない。

彼女は何を言っていいのかが分からない。いつも同じ表現をくり返している、その反復が論理をもたない言葉に論理を与えるかのように。そのくり返しのリズムによって、自分が言おうとしていることの馬鹿ばかしさ（démesure）に、節度（mesure）を与えようとしている。くどくどと続く繰り言でしかない会話に、形を与えなければならない。なんにせよ、それが対話であるような雰囲気をもたせなくてはならない。誰にもその答えの意味が分からない、馬鹿げた問いかけ。問う者にも、答える者にも。私たちは片言しか話せない言葉でコミュニケーションしなければならない二人の外国人のようだ。私は医者の言ったことをくり返す。けれどもその言葉からは、私がそれを口にするそばから意味が抜け落ちてしまうように思える。私はその言葉をくり返す、けれども、もう自分でも分からなくなっている。誰か理解できる人がいるのだろうか。たぶん、説明もできないまま、ただ述べ立てるしかないのだ。でも、一体それを誰が受け取ってくれるのか。

彼女はそれをうまく言うことができない。言葉が躓く。言葉の皮をひっかいている〔=

下手な話し方をする」感じ。けれども、言葉の方が彼女の肌をひっかいているのだ。口の中でガラスを砕いたように。この不吉な言葉を、どうやって穏やかに話すことができるのか。そのつらさを思い出させてしまうことに後ろめたさを感じることなしに、どうすれば、病気が与える罰を反復できるのか。不安に満たされた、この胸をしめつけるような言葉を、どうすれば落ち着いて話すことができるのか。いくつかの音節の裏側にどうしようもないほどの暴力がひそかに隠れていることを見いだすのと同時に、その意味を学んだ言葉を。子どものように、私はいつまでもこの病気の名をくり返す。その音が果てしない反復の中に紛れてしまうまで。震えずにそれをくり返すことができるように、私は訓練する。急いでいる客にこれは水仙(narcisse)ですよと言っている花屋の口調を真似してみる。それについてもっと知りたがる人、それはもう分かっていると思っている人もいる。そうね、黄水仙に似ているわね、ええ、でも少し違うんです、花びらが早く落ちますし、筋肉も弱って、心臓も衰えていきます、それから、人間の姿をしたまま萎れてしまうんです。長引いていく会話のあいだずっと同じ口調を保つのは難しい。語られていることの暴力が、その口ぶりに感染してしまうことがある。言葉は熱をもち、できるだけ早くおしまいにしたいと思う。どうしたら、取り乱した口ぶりになることなく、医学事典には完璧な冷静さで記載されていることを話すことができるだろう。私は医学事典のように、「余命と予後はしばしば不確実である」と答えることができるだろうか。病いはめしべをおかし、花びらを蝕み、茎を曲げ、すっかり萎れさせ、あとはもう大輪の花の記憶しか残っていない。花瓶の中で枯れてしまった乾いた草とは似ても似つかない、花の記憶。

それを語るすべがない。それを語ること、真実を語ること、偽善的な事典がテクニカルな用語の背後に隠している真実を語ること、それは、聞く者を傷つけることだ。口調で何かが変わるわけではない。どうしても受け入れがたいものがあるのだ。それに、その抑制された口調に、かえって気分を悪くする人もいるだろう。嘘をつく。それが唯一可能な説明の方法。屈辱を感じることなしに、こんな恥ずかしい話を口に出すことはできない。そう言ってしまうのは誇張しすぎかもしれない。それほど大変なわけじゃない。実際に私はだんだん、そのことを学んでいった。それほど大変なわけじゃない。私は、ちょっと動いただけでぼろぼろと崩れてしまうわけではない。私の肌は脆くなっているけれど、肉の落ちた腕に沿って剝がれ落ちてしまうわけではない。私がはじめのころに見た悪夢が、そのまま現実のものになるわけではないだろう。体が壊れ、開かれ、はずれ、切断され、裏返しにされ、両脚がはりつけられ、あるいは編み上げられ、腕の肉がむき出しになる夢。何年か経てば分かるだろう。でも、診断を受けた直後の日々に、最初の何週間かの時に、医学事典は私のことを語ってなどいないとどうして分かるだろう。病いが、どこまで私をむさぼり尽くすのか、どうして分かるだろう。

冷静に分析する人もいる。「水仙か……、それは面白い」。病いは象徴《サンボル》に、私たちの内側へと通じる扉となる。表出されることを求めている無意識の徴《シーニュ》。ほかならぬこの病気になったことは、偶然ではない。おそらくそこに意味を見いださなくてはならないのだ。この新たな光のもとで、自分の生、身元《アイデンティティ》、選択を考え直してみること。それが自己理解を高めてくれる。たぶん、それをより確かなものにしてくれる。わけの分からないことは、解釈の重い覆いの下に押し殺してしまえばいい。

彼女はそれをうまく言うことができない。医学用語はとっても複雑なのだ。どこにもつなぎとめられていないし、出発点が見えない。まるで外来の言葉みたいに。そこには、変な感じで音だけが並んでいて、音楽のようになめらかな舌の動きに逆らう。彼女は、その音楽を必要としている。医者たちを前にすると、彼女はうろたえてしまう。敵地にいるように。

みんな手さぐりで話している、何も見えなくなって、医学とその語彙のジャングルの中でどこに向かおうとしているのかも分からずに。私たちがどんなに努力をしても、その言葉はいつも私たちの手を逃れていく。話すことは苦難である。どんな言葉を使って、何を言えばいいのか、分からないのだから。私たちを慰める言葉か、それとも親しい人々を不安から守ってくれる言葉か。ドラマティックな言葉、脅威として響くような言葉。何度も使いまわしているうちに、意味が空っぽになってしまった言葉。「病院」という言葉を口にする時、それが人生によって守られている幸運な人たちをどれだけ不安にさせるのか、もうほとんど覚えていない。

物事を明晰に話すこと、論じること、きちんとした論理的な進展を立てること。それが私の仕事。現実は三つの部分に分かれています。世界は賢明にも弁証法的止揚にしたがっています。試練は必要です。そう主張すること。私たちを「苦しめはしても」死に至らしめないものが、私たちをもっと強くしてくれます。現実に不意打ちは存在しません。現実とは賢明にも、思考によってたどられる道筋であり、思考は物事や人々を区分し、分類し、秩序立て、思考が生みだしたカテゴリーに沿って切り分けています。

しかし突然、生が外部のもの、隔てられたものではなくなってしまう。分割線はもはや抽象的なものではない。それは、私の身体の真ん中を縦断している。それは、両目を分かつ中心線をたどり、鼻梁にそって降下し、唇を分け、首筋を滑り降り、気管の窪みを抜けるのに手間取り、胸郭を開き、臍の緒を断ち切り、恥丘の最後の割れ目を確かめる。病いが分割しているのは、私である。私は、切り分けられる物である。私は、否定であり、語りの攪乱要因であり、転覆である。私は、嬉しくもない不意打ちである。私は、問題である。答えは見つからないままである。

美しい修辞的装いは消え去ってしまう。自分はこの傷んだかぼちゃのような身体の中にいる。パッとしない、役にも立たない技巧を備えたおかしな知性によって窮屈になってしまった身体。議論のジェットコースターは絶えず地獄のような落下に飲み込まれていく。再浮上することはない。テーゼとアンチテーゼの幻想の戯れは破綻してしまう。私は二十五歳、私は病人、私は癒えることがない。

中途半端なものは入り込む余地がない。私は、病いの力に揺さぶられて、押し潰されるがままになっているか、さもなければ、病いにあらがってもっと力強く押し出せるものを対置するか、どちらかである。そこではもう、病いがそれほどの衝撃を与えられなくなっているような生の形。病いの叫びが聞き取れなくなっていくほどの喧噪。私は、病いを、病いの観念を、病いへの恐れを、病いの脅威を消してしまえるほどには、自分の中を空っぽにすることができない。この偏執《モノマニー》に抵抗するためには、その観念以上に私を消耗させる現実をあてがうしかない。私には、その密度においてこの強迫に太刀打ちできるものが必要だ。

Sie ist kein Musikmensch. 彼は私のことをそう言う。私は音楽的な人間ではない。私には音楽に対する感受性が欠けている。私は耳をもっていない。モーツァルトやシューベルトやブラームスに感動することがない。それでも、ひとりになると、ヴァイオリンのけたたましい音色が私を私の外へと引きずり出し、その音の空間に溶かし込み、他の一切の知覚が消えてしまうまで、私はヴォリュームを上げる。この感性の空間的配置《ジオメトリ》の中で、ひとつの感覚が他のすべてを押し殺してしまわなければならない。不快な、あるいは苦痛な感覚が、ひとつの感情の力の前に沈黙してしまうように。私には暴力的な感覚が必要、精神的に暴力的な感覚が。平板なもの、淡い色合いのものが成り立つ余地がない。破綻、絶望、不安、恐れ。もっと強く。我慢の限界まで階段を登り続けるしかない。どんなものでも、もっと強く。耳を聾する（s'abasourdir）まで。それが不条理（absurdité）の語源的な意味だ。

ヴァイオリンが私の神経をなぶってくれる必要がある。まるでその音が、私の中で奏でられているかのように、私のすべての抵抗と関心がその動きに集中するところまで、私を消耗させせなければならない。そんな風に、私は音楽を必要としている。その韻律が私の心臓のリズムにとってかわり、心拍が韻律にしたがい、外部の調子に引きずられ、導かれ、あるいは揺さぶられ、聞こえなくなり、苦痛がそれをこのエゴイズムの中に封じ込め、自分のことはもう気にかけなくなる必要がある。演奏家の呼吸が、私の顔にその顔をくっつけて吐き出される息のようにならなければならない。それだけぴったりとくっつくことで、演奏家のエネルギーが私のものになる。その力が私を連れ去り、もう自分の中に音楽しか感じなくなる。私は音楽を聞いているのではない。それを感じ取っているのだ、身体の躍動として、私の中に差し込まれた誰かほかの人の生として、私がその人の生に支えられているかのように。

音楽は病いに似ている。音楽はぼんやりとそれをたどることを許さない。常に注意を向けていることを要求する。どんな気分とも折り合いがつくというわけではない。音楽はある感情を押しつけ、あるいはそれを聞く者の内に感情を作り出したりもする。それを聞く者の内に音楽は侵入し、とりつく。病人であるということ、それは耳障りな同じリフレインに、執拗なひとつのメロディにとりつかれているようなものだ。それは、私たちの感情の一つひとつにつきまとい、自分自身の思考に正面から向き合うことを禁じ、私たちの内面を植民地化する。

苦しみの陶酔がある。危機がもたらす緊張感と、それがおさまって和らぐときの緊張感の中に。すべてを宙づりにし、すべてのつながりを断ち切り、外の世界を拒絶する、この暴力的な感覚の中には、説明のつかない享楽がある。苦痛のただ中にしか存在しないということ。自分が標的であると感じ、自分が中心であることを知っている。激しい苦しみにとらわれ、けれども死んでいくわけではなく、抵抗しているのを見ている。衝撃に耐え、呼吸を回復する。もっといいのは、屈服し、気を失うこと。唯一、意識の喪失だけが、自らの身体から解放されるという、あの甘美な感覚を与える。そこにはもはや、軽やかさと気楽さしかない。何も感じることなく落下していくこと。二度と目覚めないことを願う。方向を失い、どっちを向いてよいか分からなくなった身体の陶酔。酔っぱらってふらついている内面、ずっと長い時間自分のことだけを見ている子どもの陶酔。こうして自分自身の周囲を回り続けることが、重さを、重力を解き放つ。自分の居場所を離れ、根を失う。苦しみを逃れる。

痛みのもたらす眩暈《めまい》がある。思いもよらなかった身体の深みの発見。痛みを知らない身体など、のっぺりとして平板な表層でしかない。痛みは肉体の頂《いただき》を浮かび上がらせ、肉体に痛みの溝を掘る。その身体は、他の人の目には見えない、自らの新しい形を見いだす。私は、手首や踝や首や膝や肘の密かな腫れに気づいている。私は自分自身を操り人形のように思う。自分の重みでぶら下がって、それが戯画的で奇妙な動きをもたらす。他の人たちには見えないその重みが、たえず私のバランスを奪う。医者たちに言わせれば、そこには何のつながりもない。バランスの喪失はおそらく、神経の接続が悪いせいであり、関節の問題は炎症に由来するものだ。私にとっては、痛みの蓄積が重みとして測られ、私の歩みに重くのしかかり、ブレーキをかけているのだ。けれども、病人自身の説明に何の価値もないということを、私はすでに理解している。

痛みの一斉射撃が再開される。それは、私の体のいくつかの地点に照明をあてる。その光は、私にしか見えない。そこには、純粋なエネルギーが込められている。体のもつ力のすべて、私にはいつも欠けていたもののすべてが、放電されるかのように、閃光となって私を貫く。スポーツ選手の肉体的高揚感はこれに似ているのではないかと想像する。憑依状態の錯乱的な動きの中にも、おそらく、この閃光の中で私をとらえている緊張に通じるものがある。その力は、私に対して、けれども私の中から、発せられる。私はその目撃者ではなく、その力の生まれる場所であり、その舞台である。痛みは私の体に価値を与える。そこから、私という存在はまったく新しい形で体につなぎとめられる。私は苦しみに対する不安から解放されるのを感じる。私は、疲れ、緩慢になり、消耗し、崩れ落ちていくことを恐れている。しかし、痛みは私の覚醒を保ち、緊張させ、張りつめた状態に置く。痛みは私に、生きているという感覚を与える。我れ痛む、ゆえに我れあり（Doleo ergo sum）。

指の先がちょっと切れただけ。ほんの数ミリ、深くもない。取るに足らないこと。気にしなくてもいいくらいの。あたりに漂っている埃か何かがたまたま入り込んでくるような、小さな切れ目。手を動かすと、そのたびに肌が、髪に、スカーフの糸に、セーターの編み目に引っかかる。肌がそこにしがみつく感じ。そのたびに、少しだけ広がるように思える。そこに傷があるということを思い起こさせるように。そのほんの小さな傷が耐え難いものになっていく。私はすっかりそれに気を取られる。その切れ込みから私がすぱっと割れてしまうかのように、私のすべての血がそこから流れ出していくかのように、この数ミリがおぞましい裂孔となって、命が私をそこに投げ出してしまうかのように。なぜこの切り傷がこんなにも私にとりついてしまうのか。なぜ身動きするたびに、私はそこに連れ戻されるのか。

病いの微細なしるし。治療によって脆くなった肌は、ちょっと引っかけただけでも裂けてしまう。病いは動きの一つひとつに刻み込まれている。病いは、自分を忘れさせないようにするすべを知っている。ちょっとした怪我が耐えがたいものになる。毎日続くおなじみの痛みをできるだけ小さなものにしようとすることで、自分のエネルギーのすべてを使い尽くしているので、それ以外の体の弱さが過重なものになる。風邪も、口峡炎《アンギナ》も、擦り傷も、私をひどく苛立たせる。

私の体のすべてが、表皮を剝がされたようになる。私の神経が剝き出しの糸になる。痛みによって亢進した、知覚の新たな段階に入っていく。私はすべてを感じ取るようになる。すべてが私にとって耐えがたいものになりうる。私は皮膚で反応するようになる。おそらく、私が激しく怒りだすことが理解できないのだろう。それは、驚いて見つめる人の目からは隠されている、私にしか見えない密かな論理から生まれる。すぐに苛立つ。私は文字通り、生身の主体となる。びくっとふるえては、かっとなり、あたりちらす。私の体は、外の世界の意図せざる暴力を包んでいる莢である。それはうねりにさらわれて裂ける。なすすべがない。

私はトランプを組み上げて作った城。免疫の防御を故意に引き下げたことで、私は剝き出しの傷になってしまう。どんなものでも、私の中に侵入し、炎症を起こさせ、汚すことができる。私は自分の果てしない脆弱性に耐えている。すべてが危険である。外にあるものは常に私を脅かしている。その力は私の弱さによって倍増する。偏執的に私を狙っている。

少し忘れるといい、と彼らは言う。私のふるまいのすべてが、避けがたく病いのことを思い起こさせてしまわないように。私の生はそれだけでできているわけではない、と。確かに、表向きは、みんなの前では、私は忘れている。時々、将来のことを話す。自分の社会的な役割はきちんとこなす。そうすることが必要だ。さもなければ、誰も私を支えてくれなくなるだろう。けれども、この用心深く発せられた言葉とは別のことを、分かってしまう人もいる。

夢にひたることと湯につかること。それは、私がほんの少しのバランスと軽やかさを取り戻す二つの世界。私は、体を動かす喜びを取り戻す。お湯の被膜に守られて、私の体はその痛みを脱ぎ捨てる。痛みはぼやけ、消え、なくなる。動作がやわらかくなり、容易になり、体はしなやかになって、巧みに動けると言ってもいいくらい。引っかかっていると感じられていたところがなくなる。腰も肘も何もかも、がさがさと擦ったり、すれたり、ひっかいたりしなくなる。人魚になりたいと夢見ていたことを思い出す。私の両足は、丸めたシーツによって、繭の形に閉じ込められる。痛くない姿勢を探して、自分の体をぐるぐる巻きにしたのだ。夢の中では、こうしてミイラになった私が、姿を変えて、動く力を取り戻していった。

私は裸だ。手術台の上で、病院のベッドの上で、放射線の装置の前で。そのままじっとしていてくださいと言われたまま。すぐに慣れていくだろう。私はじきに、自分の腕や手で、胸や性器を無駄に隠そうとしなくなっていくだろう。すぐにも、私の体は、私には関係のないものになっていく。私は、あの人たちが、まるで私には触れていないかのように、私の体を処置していくのに任せる。あの人たちがすべてを見て、すべてを調べ尽くしてしまった時、その体はもう私のものではない。それは私から切り離され、完全に外部の物体と化している。そうなった時に、私がそれを軽視し、無視し、ぞんざいに扱ったとして、何を驚くことがあるだろう。あの人たちが私に、そうしなさいと教えたのではないだろうか。

病いは私を、没性的なものにしてしまった。病いは、私の生活の中から、雌雄同体となった私の身体から、私の発する言葉の中から、性別のしるしの一切を消し去ってしまった。私は男でも女でもない。私は病人、中性の、欲望や性欲や生殖とは無縁の。病人という身分が他のすべてを吸収してしまう。

その私にどんな淫《みだ》らなふるまいができるというのか。たぶん、私の性生活を告白しても、それほどの戸惑いを与えないことだろう。体は性的であるようにできているのだから。病いによる変質によってではなく、欲望によって満たされているようにできているのだから。病いは身体を食い尽くすが、欲望は身体を昇華させる。何事かをなしうるものとしての、生きいきとした力としての、外にあるものへと向かっていく躍動としての身体。何かを食べ、つかみ、所有すること。しかし病いは、自食的な衝動の中に、私たちを呼び込む。それは他者を無用のものとし、それ自らの法にしたがい、獲物のように身体に襲いかかる。病いは、この閉ざされた闘技場の中で、激しく身体を攻めたてる。わけもなく苦しむ、なぜとも知らず、いつまでとも知らずに体をぶつけあって、荒みが増していく。その理由も分からないままに打ちのめし、狂わせていく、出口なしの状況の中で。

患者となってしまった者にとって、猥褻であるということが、まだ何かを意味しているのだろうか。自分の体が、あのたくさんのまなざしによって掃き出されてしまった今、私の羞恥心の内にいったい何が残されているだろうか。人間的なまなざしならば、少なくともそこから目をそらすことができる。それよりもずっと冷たい、鋭いまなざしによって。

断面図にされ、斑点状に彩色され、骨格像にされて、人に見られてしまったあとに、まだどんな生きいきとした自己イメージが残されているというのか。自分の体を、絶え間なく、回診にやってくる医者たちや、習い覚えようとするインターンたちや、ケアをする看護師たちの前にさらけ出すことを強いられ、そして慣らされていく時、自分の生を自分の外に投げ出すことの猥褻さはどこにあるだろう。彼らだけではなく、宿直医や救急医や、発作が外国で起こった時なら何を言っているのかが分からない医療者や、飛行機のスチュワーデスや、悪いタイミングでやってくる同僚たちの前に。秘められたもの、内密なものの内の何が、まだ残されているのだろう。怒りや悲しみ。体がぼろぼろにされてしまった時にも、他の人たちがそれに気づいていたような、自分の心理的存在の樹脂《エキス》そのものを形づくっていたような、そんな感情が残されているだろうか。

何年ものあいだ、何らかの形で医療の世界に属している何十人という男たちや女たちによって検査されてきた。彼ら／彼女らが自分のことを動物のように観察し、興味深げに調べ上げ、物を扱うように、肉を扱うように、遠慮なく処置し、不器用に、あるいは乱暴に、注射針を刺し、苛立ちながら、あるいは焦りながら、血液や肉や器官の標本を採取するのを見てきた。驚いたような、嘲るような、あるいは蔑むようなまなざしを体で受け止めてきた。今ではもう、はじめは自分自身の裸体が不躾にさらされることに対して抱いていた感情を、感じ取ることができなくなっている。羞恥の、不快の、不安の、昂ぶりの感情を。残されているのは、屈辱への怒り。あの人たちはもう、自分たちの内に人間を見てはいない。

病いとその破壊的な力に慣れてしまったたくさんのまなざしが、淡々と、だるそうに、あるいは投げやりに、この体を通り過ぎて行ったあとには、恥じらいや誇りや官能は、もうほとんどそこに残されていない。体は、もうずいぶん長い間、自己愛的な喜びの場ではなくなっている。体は人々の目にさらされる世界に落ちている。自分の健康状態が人々の会話の話題になっている。病む人に対しては、誰もが、その体の状態を、最も秘められた隅々にいたるまで、尋ねる権利があると思っている。丸裸にされてしまわないように、人は嘘をつく。

私は、はじめて他人のまなざしの前で服を脱ぐ人の困惑を忘れてしまっていた。診断をするためにではなく、自分の中の破壊的な力を特定するためにでもなく、そこにいる他人の前で。私は、誰かが私にそそぐまなざしがどういうものでありうるのかを忘れていた。好奇心や、期待のまなざし。欲望のまなざし。しかし、数か月前から、病いが私の中の感情をすっかり消し去ってしまったと思ったその時から、私は再びそれを感じるようになった。

苦痛に抵抗することができる唯一の力は、欲望である。病いは私の中にある一切の欲望を消し去ってしまったと、私は思っていた。私の外見がすでにそれを物語っていた。アノーレクシア（An-orexia）。ギリシャ語で欲望の不在を意味する。身体は、欲望の入る隙間を残さないほどにくぼみ、一切の侵入を金輪際受け付けないかのように切り詰められる。あまりにも頻繁に医学的検査を受けさせられると、それに飽き飽きとしてくる。私の場合はそうだ。私は検査がしやすいように、進んで自分を透明にし、骨が見えるように、脂肪を取り除き、痛みに腫れ上がって突出した器官が透けて現れるようにしている。私はこの病んでいる体がクリアに見えるものになるように、できることは何でもする。自分の体のシルエットが骨格のそれとひとつになるように、痩せていく。私は自分の肌の下に、X線に写る自分の肋骨の白い曲線を、自分の腰骨のくぼみを、自分の脛の骨を、張り出した胸郭をたどることができる。見かけのごまかしはひとつもない。私は、自分の病んでいる身体を認識する。それは、一番多くの反応を呼び起こすしるしだ。唯一はっきりと表に見えるもの。病いのその他の症状は、必ずしも目に見えるわけではない。おそらく、私の顔が太り、それから（コルチコイドのせいで）やつれたこと、私にはなすすべもないこと、私の肉が柔らかくなったこと（基礎治療の副作用で筋肉が溶解するのだ）、私が疲れて見えること（発作のために睡眠が妨げられる）、私がすぐに苛々して、愛想が悪くなり、わがままになったことに、人は気づいているだろう。しかし、誰でも時にはそれと同じ症状を示すことがある。しまいには、私がいつもそんな風ではなかったことを、人は忘れてしまう。

そしてある日、はっきりとした自覚のないまま、明らかな断絶もないまま、病いがおさまっていることに、その激しさを失っていることに気づく。恋人から離れてゆく時のように、熱愛が冷めていく時のように、慣れ親しんだ場所に飽きていく時のように、それを欲することも求めることもないままに。少し困惑していると言ってもいいくらいに。ある朝、偶然に、たくさんの個人的な物語がつまっている場所を、なんの感慨もなく通り過ぎてしまったことに気づく。その場所がありふれたものになってしまったこと、昔の恋人の名前がもう心を震わすことがないこと、昔もらった熱烈な手紙を捨ててしまえることに気づくのである。ある日、愛は消え去り、嫉妬や恨みがその場を無関心に譲っている。なぜか分からないまま、あれほど待ち望んでいた小さな変化、求めても作り出すことができなかった変化が、もう待ち望んでもいなくなったころになって、音もなく、密かに、自分の中に生まれている。私の中にも同じことが起きる。私が諦めて自分の生活を病いとのかかわりの中で組み立て始め、すべての企てとすべての楽観を自分自身に禁じた時になって、病いは掃き出され、もう同じような形では存在しなくなる。

もちろん、痛みが消えてしまったわけではない。けれども、それはぼんやりと霞んで、ほとんど無意味なものになっている。痛みはそこにあるけれど、背景のざわめきを忘れてしまう時のように、それを甘受することができる。それは、痛みそのものであること以外の意味をもたなくなる。すぐこの先に症状が悪化することや、障害が生まれることを予告するものではなくなる。それは、不快ではあるけれど、私の新しい生の形の正常な状態にすぎなくなる。酒を飲んだり煙草を吸ったりするのに慣れるのと同じように、少し具合が悪いということに慣れていく。痛みはやわらぎ、手や足の動きに応じて生まれるありきたりの感覚になっていく。苦しみは存在の中心にとりついて離れないものではなくなり、言ってみれば、自分の生活の外縁に移動し、たくさんの些末な周辺的な困難の領域に位置づく。それがなお夜の眠りを妨げるとしても、もう自分を怯えさせることはない。不安は作動を止めてしまったようである。

そして、欲望が戻ってくる。ほかの人々に対する、そして何より、自分自身に対する。ある日、じっと私を見つめるまなざしに出会う。しかしそれは、不安をかきたてるような、興味本位の、あるいは憐みのまなざしではない。それは、あなたの中に問題の源泉を求めたり、あなたを病理的なものとして指し示したりしない。それは、誘惑のまなざしである。そのまなざしが突然あなたをとらえる。

ある朝ふと気づくと、これといった理由もなく、思いがけず欲望が戻ってくる。自分の生活からはすっかり出払ってしまったと思っていたのに。欲望の旋律が奏でられているのが分かる。これは記憶なのだと自分でも思う。けれども、それは執拗に持続し、自分の中に棲みつく。そして、あの羨望や不安や不満や苛立ちの侵食も、もはや苦痛のそれではなくなっている。苦痛は攻撃の手をゆるめている。それは一段下がった場所へと移動する。エネルギーがよみがえってくる。悪いところがあることを忘れてしまう。走ることができないことを忘れて走り出す。飲んではいけないことを忘れて飲んでしまう。時には、薬を飲むことさえ忘れてしまう。だからといって、何が変わったわけではない。相変わらず病人である。経過観察のための外来の間隔を長くするようになる。診察は自分をがっかりさせるだけだ。生物学的な検査の結果は良くなっていない。愛は奇跡を起こすわけではない。

けれども、すべてを覆い尽くしていた病いの苦しみは、自分の生活の中に呼び込まれた他者（l'Autre）のこの上なく大きな存在によって凌駕される。あなたはもう、その他者を手放すことができない。そして、大きく膨れ上がる希望が再び姿を見せる。これが幻想だったとしてもかまうものか。知らず知らず、未来の自分の姿を思い描き、いろんな可能性を想像している。病いが禁じていた、たくさんの心の岐路を選び取ることを。

再び春が来て、私たちをその陽気な嘘の世界に連れて行ってくれる。たえず生まれ変わる自然、よみがえるエネルギー、果てしない再生という嘘。甘い空気に惑わされ、ついつい庭に足を踏み入れ、いつまでもテラスにとどまる。生がずっと甘美なものであることを願う。

苦痛は遠のいていくように思える。それは、他の人たちの生活の中にはまったく存在しないのだから、自分の中に残っていることを時々忘れてしまう。水中に、じっと待機して、いつでもしっかりと思い出させる準備をしていることを。そう、苦痛は消え去ってしまったわけではない。ずっとそこにある。皮膚のすぐ下に。ある朝、手が動かなくなり、腫れて、熱をもち、変なところで固まってしまう。なぜだか分からない。たぶん、ただ浮かれた気分の喜びを欺くために。私の役割は病人だと、私にはそれに背くことはできないのだと言わんばかりに。咳がまた出るようになり、膝や踝や手首が痛くなる。そういうものは消え去ってしまったわけではない。私がそう思い込んでいたとしても。私はそのたびに信じてしまう。裏切られ通しの、それでも希望を抱くことをやめられない恋の物語のように。病いもまた、自分を欺く。時に病いは、夏になると姿を隠し、雨とともに舞い戻ってくる。陽の光で焼き尽くされたように見えるのに、もっと強い光を放って帰ってくる。けれども、恋の場合と同じように、それが自分を欺くのではなく、自分が勝手に幻想を抱くのだ。人は信じたいものを信じる。迂闊にも。子どもみたいに。

検査の結果が気がかりな値を示し、新たな病変が疑われると、私は病院へと逆戻り。あるいは、普通ならどうということのない他の疾患によって、私がかなり弱ってしまった時にも。こうして私は、自分が慣れ親しんだ病人街に向かう。都市の中のこの小さな街区に向けて出発する。そこには、散歩道があり、公園があり、聖クララ教会があり、現代美術の展覧会が開かれている。有名人たちがそこを訪れる。ラ・ピティエ・サルペトリエールの教授たちには、時々インタビューが行われる。

病人たちの目には、その様子は違って見える。いくつかの箇所が老朽化し、備品は時にあてにならない。普通の生活は、サン＝マルセル大通りによって私たちからは切り離されているけれど、それが一箇所にだけ残っている。玄関わきの小さなカフェ。そこで、新聞を買い、コーヒーとクロワッサンを購入して、ちょっとだけ外の人と同じような気分になる。医学生たちとこっそり近づきになることもできる。私たちの病気が、わずかでも顔に表れていなければ、コーヒーを飲む間だけは、少しだけ病気のことを忘れていられる。

病院の建築は、不思議なことに、私の生活の構造に似ている。それは、この二重生活を形に表している。隠れた分岐構造によって、病む身体を見えないものにする。建物から建物へと移動するのに、冬であれば、ストレッチャーは地下の廊下を使う。私は、離れている場所が密かにつながっていることを発見する。そのつながり方は、私に、中国医学の身体図を思い起こさせる。私は頭の中で、病院の隠れた動脈図を描いてみようとする。どの建物もその隣の建物につながっていて、順番にたどっていくと救急病棟にたどり着く。そこが組織の心臓部だ。だから、冬には、たくさんの患者が重篤な状態になっても、こうした配置によって、表面的には外の世界から見えなくなる。この小さな街の小道を行ったり来たりする人の大半は病人ではない。ケアスタッフや医学生や救急隊員や見舞客たち、そしてラ・ピティエの行進曲に連なるすべての人々。いずれにせよ、ここを出ていく者たちは、人をぞっとさせるほどには病気に冒されていない。病状がどれほど重くても、大事なのは人に見せるイメージである。彼らは治っていくのだと信じてもらわなければならない。

地下の迷路の壁には、人をののしる言葉や、異民族を排斥するしるしや、髑髏《どくろ》や、そのほかの気味の悪いシンボルが、スプレーによって落書きされている。薄暗い照明が、その通路を陰鬱なものにしている。私は嫌な気分になる。まさに手術前にふさわしい気分だ……。私は後になって、この廊下では何度か流血のいざこざが起こり、女性スタッフはずいぶん前からここを通らなくなっていることを教えられる。麻薬中毒者やホームレスたちに占拠されて、何年もの間、地下通路はまさに奇跡小路（cour des miracles）〔スラム街。中世のパリなどで、昼のあいだ偽の不具者を装っていた泥棒や物乞いたちの巣窟。〕を抱え込んでいたのだ。

ちゃんとしているように見える外観、健康であることが当たり前であるかのような身体と、ダメになっている土台。ラ・ピティエは、そこに暮らす病人たちに似ている。壁は何度も塗り直しているのだが、基礎から作り直すことはできない。

病院で私はＮＩＰ、個人番号をもっている。たくさんの患者が私と同名なので、これは大事な番号だ。同じ姓、同じ名前の人たち。その内の一人は、私と同じ年に生まれている。私はそのことを十年前に発見した。ＨＩＶの検査結果が出た時のことだ。ごくありふれた、これといって心配することもないような検査だった。私を診てくれた医師は心配そうな顔をしている。彼は、高リスクの個人特性と、重度の依存と、二十歳の女性にはそれだけで十分に重荷となるようなストーリーを語る。理解できないといった私の顔の表情を見て、彼は、姓名と生年を確認する。やはり私のことらしい。しかし、それが私であるはずがない。それは私のストーリーではない。私はそういう問題は抱えていない。それは、定期検診ではなくて、私にとって初めての検査だった。同じ日の昼に、パリの同じ病院で、同じ名前をもち、数か月違いの誕生日をもった二人の女が、同じ検査の結果を聞くために予約を入れていたのだ。類似点はそこまでだった。卑劣にも私はそのことを喜ぶ。「もっとひどいことになってる人もいる」のだと。

私は腹膜炎のために救急で病院にやってくる。服を全部脱いで、手術室で待っていてくださいと言われる。私は、裸のまま、たっぷり十五分は、そこに居続ける。医者が入ってくる。夜中にたたき起こされて、ひどくいらついている。私が、手術台の上に寝ているのではなく、立ったままいるのに出くわして、彼は思ったことをそのまま言葉にする。「この女は素っ裸でいったいどうしようっていうんだ」と、誰に言うでもなく大声を出す。「自分がどこにいると思ってるのかね」。朝からずっと私を苦しめてきた痛みを取り除く仕事を、この人に委ねなくてはならないのだ。だから私は、言いたいように言わせておくしかない。それが、長く続く物語の第一回目だ。その翌日の回診の時には、彼は少し冷静になっているように見える。いくつか手続きのための情報を求める。彼は、伝えられた共済組合の情報を疑っている。二十歳で公務員というのが、彼にはしっくりこなかったのだ。私は彼に、自分は教員の研修生だと説明する。それが行政上の私の肩書。でも彼はそれを信じない。私はちょっとうんざりしながら、師範学校生《ノルマリアン》の特異な身分について、細かく話す。すると思いもよらなかったことが起こる。私は誰か別の人になる。私はもう昨日の晩のような露出狂の女ではない。彼をベッドから引きずり出した、わがままな女の子ではない。はじめて、この肩書が私に特別な扱いを与える。「もっと早く言ってくだされればよかったのに」と、彼の顔が物語っているように見える。そうすれば、もっとましな扱いをしてくれたというのだろうか。

彼はごく初歩的な罠にはまってしまった。裸であることの罠。服を剝ぎとられ、弱いものにされ、無力なものにされた私たちを、病気がすべて平等に位置づけるそのやり方。無意味なものにされてしまう。

裸にされた私はもはや何者でもない。裸にされた私はもはや身分をもたない。何も罰せられることなく、私を侮辱することができる。病いは猥褻だ。病む身体は、その醜さを人々の前にさらす。

救急での入院から三週間後、経過観察のための外来。医者は私に、何が自分の身に起きたのか理解しているかと尋ねる。まるで私が、場面を外から見ていた証言者であるかのように、その舞台のぼんやりした観客であるかのように、彼は私に質問する。まるで、まず何よりもすべてを理解しなければならないかのように、それが何かを変えるかのように。理解すれば治るのだろうか。私たちの波長は食い違っている、明らかに。私には理解する必要なんてない。私はそれを確かに感じ取り、十分に経験したのだから。そのストーリーの上に、別の物語、別の論理を重ねる必要があるのだろうか。唯一の大切な問いに答えることができないのだとしたら、何のための説明なのか。なぜ自分が、なぜ今、要するになぜという問いに。

私を統計表の中に位置づけ、数値に置き換え、確率で私の予後を語ることはできる。でもそれは私には大した意味をもたない。この病いの支配を招いた因果連関をたどることはできる。けれども、一番重要な問いを回避してしまう。なぜ病気になったのかという問いを。

そういうことなら、私は理解している。文字通りの意味で、私は理解したのだ。私は、自分自身のもとに、自分自身の身に、病いを引き寄せた。病気が私を取り込んだというほうがより正確かもしれない。私は病気の中にとらわれている。私はこの貪婪な生の中で身動きが取れなくなっていて、これから先もそこを抜け出すことはできないだろう。私はすでに、オオカミの口の中にいる。そこには、私たちが子どもの頃に悪夢の中で見た危険な存在が潜んでいる。正体不明の存在が自分を飲み込んでしまおうと待ち構えている。オオカミの牙が私の腕に食い込むのを感じなかっただろうか。オオカミの口が閉じられて、私の胸がつぶされる。オオカミが私のベッドで眠っている。

私の肺の力は、通常の半分しかない。私は小さな子どもの肺を備えているようなものだ。そのせいで、すぐ息が切れ、たえず声がかすれる。私の体は、そこに大人の背丈を期待すればするほど、後ずさり縮まってしまうように思える。

あの人たちは、私に、息を吸って、吐いて、と言う。はい、そこで息を止めて。いつまで、息を止めておけばよいのだろう。生命が自ずから動き出そうとするのを、長い時間、差し止めておくことができるだろうか。私たちにとっては直接的で自発的なものに、彼らは自分たちの法を押しつける力をもっている。最も自然なものを、彼らは私たちから奪い取る。彼らの専制には何ものも逆らえない。

息を吸うこと。それは生きること。必要な空気を吸収すること。私たちを生まれ変わらせ、きれいにしてくれるもの、私たちの体と思考を生きいきとさせ、それを更新し、新鮮にしてくれるものを取り込んでいくこと。呼吸は呼び起こし、駆動し、目覚めさせる。吐き出すこと。自分の外に排出すること。それは、突き詰めていけば、終わりを迎えること。死ぬこと。

数秒間の呼吸の運動の中で、私たちは一生の生命を模倣する。新生児の肺をふくらませる最初の息と、死にゆく人から生存の重荷を取り除く最後の息。

待合室の中で、若い女は私だけ。ほとんどの患者は、私の両親や祖父母の年齢。私は慣れている。病院で、私は、多くの人がそれに慣れる機会をもたないまま、もっと歳をとってから発見することになるものを見ている。人が病院で死んでいくということ。体になじまない、冷たいベッドの上で。人が苦しみながら死んでいくということ。夜中に、あえぎ声を聞く、一生分の疲労を詰め込んだような咳の発作を聞く。老人たちが子どものように泣くのを聞く。私は怒りの声を聞く。看護師たちが何と言って勧めても、頑として食べることを拒み、固く口を閉ざしているのが分かる。私は、固く握られたこぶしを想い浮かべる。その体が、自分の手を離れ、自分を弱らせていくために、一切の尊厳をあきらめようとしているのだ。私はあきらめと断念の声を聞く。横たわったまま貧弱になっていくこの状態であと何日も頑張ることを、もう望めなくなってしまって、剝がれ落ちていくような身体の声を。

私はうつろなまなざしを見る。この廊下を歩き回っているのは私だけ。助けを借りずに、立ってシャワーを浴びているのは私だけ。朝、着替えをするのは私だけ。誰も私の髪にやさしくブラシをかけてくれたりしない。誰も私の顔をのぞき込んで、ひたいの熱にタオルを当ててくれる人はいない。私に近しい人たちの目には、翌朝私が冷たくなって、すでに硬直しているのではないかという不安は感じられない。死にゆく人たちに付き添っている者たちには、この試練が刻みこむ怖れの感情が見える。見舞客のない病人の孤独が見える。生活を送っているという幻想を作り出すためにつけっぱなしになっているテレビの音が聞こえる。

そうして私は慣れていく。叫び声に、泣き声に、他の人たちの苦しみに、その表情の一切に。そういうものに、私はほとんど無関心になっていく。ここに居続けることができるようになるために、今度は自分が叫んだりしないように。はじめのうちは、患者がちょっとした唸り声をあげても看護師たちが慌てて駆けつけたりしないということが理解できなかった。今では、何人かの病人は一晩中、ひたすら声を上げているのだということも分かっている。自分がまだ生きていることを知らせるために。

私は時々ひとりで病院に行く。製薬会社の販売員みたいに。予約を入れて。自分のちょっとした病状を説明しに行く。専門用語を駆使して。私は自分の症状をできる限り医学的に描き出す。けれども、身についていない外国語を話す時のように、しょっちゅう話がそれていって、道を踏み外してしまう。私は医者のように病気のことを話せない。私は実際に経験した、普通の人にとっての病気の話をする。それが同じものではないことはよく分かっている。医者の語る病気はきちんと整理されている。そこでは、明確に規定された書式《プロトコール》にしたがって、特定の症状が書き出され、それによって病気の姿が明らかになる。普通の人にとっての病気は、その人の頭の中にしかない。それは、一覧表には載っていない反応を呼び起こし、したがわなければならないはずのルールを破る。もちろん、それはまともに取り合ってはもらえない。

私は医学の言葉をきちんと使いこなせない。こう言ってよければ、それは現場で習い覚えたものだ。私には基礎が欠けている。文法や活用を知らない。でも、私は頑張って、間違いを直していく。自分の感覚の論理は大して重要じゃないことを理解していく。それを実際に経験している人間にとっては当然のつながりが、医者にとっては二次的だったり無意味だったりする。医者は苦痛を和らげるためにいるわけではない。それは、彼の受け持ちではなく、彼の活動領域の外に位置づけられる。医者は特定の部位の機械的な損傷を修復するためにいる。すべてのことを引き受ける者ではないのだ。その肩書きにも書いてある。専門家《スペシャリスト》であると。医者はリュウマチの専門家であったり、肺の専門家であったり、心臓の専門家であったりする。車の修理工にボイラーの不具合の話をしたりしないのと同じこと。

体はひとつのまとまりではないみたいだ。いずれにしても、自分は医者ではない。そのことを、巧みに思い出させてくれる人もいる。要するに、体はひとまとまりのものではない。そのことが、事態をシンプルにしてくれる。痛みがあるのですか。それでは、この腕を外して、おさまったらまたつけてくださいね。目のチカチカが鎮まるまで、まぶたを留めておきましょう。神経はきっと、関節の境目や臓器の境目で切れているのだ。苦痛は、解剖図によって定められた部局の区分を、ご丁寧に尊重している。そこであなたが強く言い張ったりすると、都合のいい返事が返ってくる。ストレスですね。そういうことで、患者をなだめることができる。自分の苦しみの責任を、やんわりと本人に返してくるのだ。自分で何とか切り抜けるようにと。

時々、力が尽きてしまうことがある。昔からずっとなじみの疲労感にやられてしまって。私があまりにも長い時間闘って、衰弱しか感じられなくなった時には、病院に行かなくてはならないと分かっている。先生の携帯を呼び出すと、彼はその場で診断をつけ、入院の手続きを取ってくれる。私は小さなスーツケースに荷物をまとめ、時にはタクシーを使う。留守電に「緊急のため、電話に出ることができません」というメッセージを残す。彼の顔にもうすっかりおなじみになった不安を読み取る時間を、なるべく遅らせておきたい。私はいつも赤い服を着る。よく考えて選んでいるわけではない。たぶん、くすんだ色の生地に青白い体が溶け込んで見えなくなってしまうのを避けるため。

見えなくなってしまうということが、病者がこうむる最初の苦しみなのだ。医者たちは病室に入ってきて、まるであなたがそこにいないかのように、あなたの話をする。清掃婦がベッドの脚に箒をガツンガツンとぶつける。看護助手があなたを揺り起こして、シーツを替えるためにあなたの体をずらそうとする。夜勤の看護師は、ごく普通の昼間の生活を送っている。彼女たちは、自分の話を最初から最後まで、大声でずっと話し合っている。時には笑い声をあげることもある。彼女たちが楽しそうだからといって、悪く言うことなどできるだろうか。

医療者たちが必死になる時もある。彼らには自分の仕事が分かっている。私は彼らの作品なのだ。彼らは注射を打つ。刺繍職人のように、何度も差し込む。そのちょっとした手つきで、私の前腕に不気味な刺繍模様を描きながら。私が言うことは、彼らには大した意味をもたない。彼らには自分の仕事が分かっているからだろうか。でも私は、私の体のことが分かっている。私は、この静脈が乾いて固くなっていることを知っている。私は、注射針の下でそれが身をくねらせていることを知っている。彼らは狙っていた動物を撃つ時のように、いきなり針を刺そうとする。ぐっと深く針を押し込もうとして、彼らはそれを取り逃がしてしまうだろう。私の体の中で。この投げ矢遊びは、獲物を無反応な状態に置いているわけではない。私は血腫がどんな色になるのか分かっている。しかし、私が密かに感じていることは何の意味もない。自分の体が弱って、抵抗し始めるのをじっと見張っていても、その声が聞き届けられることはない。

痛みを軽くするために、その部位に麻酔をかける時間もない。ほかにも医者を待っている人がいるのだ。注射針は肉のあちこちを試して回る。動脈を探し当てようとして、闇雲に照射されるレーダーのように。左の手首で試み、それから右へ、また左へ。そして別の看護師がやってくる。彼はしくじったことがない。これに関しては才能があるのだ。でも、この日はその彼がしくじってしまう。五回やり損った挙句に、あの人たちはこの実りのない試掘をあきらめてしまう。

痛みを覚えながら、私は発熱し、発汗し、震える。自分が気を失いそうになっているのが分かる。ぼんやりとした波が近づいているのを感じる。誰も、私の言葉を聞かない。あの人たちは、採血を、注射を、穿刺をやり終えようとしている、何が何でも。私はどこかへ行ってしまう。あの人たちに、やりたいようにやられたまま。処置をしそこなったまま、見放されて、無駄なものになって、ゆらゆらしている私の体は置き去りにされている。私は、奇妙な夢に混ざり合うあの人たちの声をぼんやりと聞いている。夢の中では、私は体の重みから解放されて、軽やかになっている。私は、彼らが動いているのを感じる。私の目を覚まさせようとして、私の体を揺さぶっているのだ。彼らは、苦しみの合い間にはさまれたこの心地のいい麻痺状態から、私を連れ出そうとする。赤い色の照明が、私の病室の前に灯される。ドアが閉められ、立ち入りが禁止される。血圧が急に下がってしまったのだ。責任者が呼ばれ、助手が青ざめだす。いつもは、彼らはもっと気楽そうで、私の虚弱な体のことなど大して気にも留めていない。私は真っ青になって、ぐっしょりと汗をかいて、震えを起こしている。私は意識を取り戻し、また痛みを感じ始める。もう一度やり直さなければならない。腰椎穿刺か腎臓の生検《バイオプシー》のために、背中に針を打ち直さなければならない。針が、思いがけず深いところまでゆっくりと差し込まれるのを感じる。侵襲された肉体が抵抗するのを感じる。そうして、意識を保つこと、意識を保つこと、意識を保つこと。

Patiente〔患者、我慢づよい、耐えなさい、の三つの意味をもつ〕。それが私の身分であり、私がしたがわなければならない指示である。それは、名詞であり、形容詞であり、命令形の動詞でもある。私を性格づけているもの、それは、いつも心のどこかで思い起こされているこの指示にしたがうということだ。耐えなさい。待ちなさい。発作がおさまるまで、痛みが和らぐまで、眠りがあなたを解放してくれるまで、待ちなさい。これが効いてくるのを待ちなさい。一時間か、三日か、二週間か。副作用がおさまるのを待ちなさい。我慢して、耐えて、受け止めて、受け入れなさい。うまくつき合いなさい。何時間かやり過ごしなさい、大したことじゃないと思って流しておけばいい、自分はもうこの時間の外に生きているみたいに、この瞬間が奪われてしまったわけじゃないと思って、じっと待っていれば痛みも薄まってくると思って。じっと我慢しなさい。

聞き分けのいい患者でありなさい。すべての屈辱を受け入れなさい、死体に施すような無関心な検査に耐えなさい。週末の予定や、引っ越しや、子どもの誕生日の話をしながら、あなたの検査をする人たちの笑い声、冷淡な態度をやり過ごしなさい。

苛立ってはいけません。三十分のあいだ継続される爆撃のような、耳をつんざく轟音について予告することもなく、何も言わずに、手紙を火に投げ込むように、あの人たちがあなたをスキャナーの中に滑り込ませる時にも。怒ってはいけません。あの人たちが、あなたを検査のために一日中何も食べさせない状態において、結局それを翌日に延期する時にも。

私は、この患者役割に縛りつけられることを、簡単に受け入れてしまったのではないだろうか。自分の運命を他人の手に委ねてしまうほうが楽なのではないだろうか。あっさりと受け身になって、生活の仕方を人に指図《さしず》されるということ。自分の生命を薬の注意書きのように考えること。道徳的な規則であるかのように、処方上の注意にしたがうこと。宗教に入信するかのように、病気の世界に入っていくこと。

私が身を置いているのは病者の共同体である。抽象的な、想像上の、けれども常に目の前にある共同体。街中でも、私は病人を見分けることができる。たとえ彼らが、身をやつしていても。私は、薄くなった髪や、やつれた顔や、か細い体型を見て、心の中で、その人たちのイメージを老人たちのイメージに重ね合わせ、そして理解する。大きく曲がっている背中、はっきりと隈ができている目のまわり、治療のためにひどく落ちくぼんでいたり腫れていたりする頬、リューマチのために変形した手、股関節が弱いためにぎくしゃくとした歩き方、荒い呼吸、息切れ、かすれ声。私は、鬱の人たちや癌の人たちを、そして絶望に顔をゆがめ、微笑みの固まってしまった彼らの行列を見る。私には、誰も注意を向けようとしない、さまざまな病人が見える。現実の一面が、その悲しさのすべてが、その暴力的で不当な姿に現れている。しかし、私は嫌ってもいる、この病者の共同体を。病院の相部屋ほど、私にとって耐え難いものはない。私は、あのお婆さんの嘆きを聞かされたくない。その涙も、彼女をさいなむ体のきしみの一切も、見たくない。彼女の苦しみの一部始終を知りたいとは思わない。自分の苦しみだけでもう十分。彼女は私の手に余る。もうこれ以上はもちこたえられない。

デリダは私の病床の友だ。昨日の夜、ラジオで彼の死が告げられていた。私が入院の身支度をしている時のことだ。悪い知らせ。向こう、つまりラ・ピティエの病室では、その日の朝の朝刊に大きく彼の顔写真が載っていて、あの威厳のある写真が、私のベッドカバーの上に広げられている。何か月か前に『ル・モンド』紙に載せられたインタビューが、再掲されている。私はもうほとんど空で覚えている一節を読み返す。「私は自分自身と戦っています、たしかに、しかしそれがどれほどのことなのかはお分かりにならないでしょう、想像以上のことなのです。そして、矛盾することを言いますが、つまり、実際の緊張関係の中で、それが私を形づくり、私を生かし、私を死なせていくことになる。（……）誰も私が話しているところの秘密を決して知ることはないでしょう」。

私は知っていると思う。私は彼の言葉の秘密を理解していると思う。多分間違っていない。でも、そう思うことが私を安心させる。「私は自分自身と戦っている」。デリダは、彼の最後の哲学的な著作で自己免疫を論じている。病む者にとって、それはとても明晰に見える。あるいはそれは、ひとつの固定観念の効果、自分たちを取り巻く世界を絶えず健康な者と病む者に二分して読んでしまうことがもたらす歪曲の効果なのかもしれない。しかし、その点で自分が間違っていても別にかまわない。私は自分が一人きりではなくなったように感じる。私には、この病いと戦ってきた人たち、そして今の私と同じように、否応なく彼らをどこかの病院のベッドにつかせたこの病いについて考えてきた人たちの姿が見える。彼らはそれぞれに、身動きを取れなくさせ、立って歩く力を奪い取ったものを、思考によって手懐けようと試みてきた。私はデリダを読み直す。アルトーを、ミショーを、ソンタグを、ヴァージニア・ウルフを、フィッツジェラルドを、フラナリー・オコナーを読み直すだろう。私は病いを生き、それをじっと見ているだけでは終わらない人々の言葉を読む。彼らは、その紆余曲折をたどり、その暴力と専制ぶりを諧謔や諦観とともに描き取る。私は、病いを概念に転換し、自己免疫を社会の解体の読解原理に利用しようとするデリダの企てを見る。私はその試みに寄り添ってみる。けれども、自分ではそれを放棄してしまうだろう。概念は滑らかすぎるのだ。

私は、病いについて、まじめに哲学的な視点から研究してきた。しかし、私が読んだものは、私に何一つ教えてくれなかったように思える。何一つ理解させてくれなかった。何一つ私に予見させてくれなかった。苦しみに関しては、哲学はほとんど助けにならない。だんだんと、その落ち着き払った抽象的な言葉が、私には耐えがたくなってきた。それどころか、偽善のように思えてきた。それとは別の声が、そのおとなしい言葉にとってかわったのである。

今もこの場所に残っていられる唯一の欲望は、瞬時の欲望である。長く拘束することのない、現れたそばから燃え尽きていく、激しい欲望。痕跡を残すこともなく、痛みが小休止する時間をねらって、暴力を逆流させ、それを快楽の道具にしようとするような。その欲望は実在しない。それは幻影にとどまっている。他人に対する配慮を一切ともなわないような、他人を自己中心的な満足の対象として利用するような欲望。他人を、一度使ってすぐに投げ捨ててしまうような。病院でずっと被っている暴力を、他人にも味わわせようとする欲望。自分の存在を、自分の苦痛を、常に正当化しなければならないことの暴力。「どこが悪いのか」を、すべての人にいちいち思い起こさせなければならない（昼間の班、夜の班、週末の班、交代していくインターン、看護学生、搬送係、スタッフたちは皆、通り過ぎていくように見える、皆、翼をもって軽々と移動していく。私はこんなにもずっしりと重く、ここに根を生やしているというのに）。このベッドにいる自分の存在を正当化しなければならない。どうしてなのかを言わなくてはならない。とりわけ、周りのベッドと比べられた時には、まだこんなに若いのに、どうして。こんなに早くから老いている理由を説明する。色々な事情で否応なく賢明になる。張りをなくした自分の体の、実際よりも老け込んだ年齢に見合う精神状態を取り入れる。いつも愚痴ばかり言っている老人たちよりも賢明になる。

悪用する人もいるのだ。その人たちは、休息のために病院にやってくる。口うるさい連れ合いから解放されるために。あまり会いに来なくなった子どもたちの不安をあおって、呼び寄せるために。少しだけ目を自分に向けてもらうために。私にはそういう手管はすぐに分かる。観客がいると大げさに苦しがってみたり、足を引きずってみたり、気を失ってみたりするような小病人たちはすぐに見分けることができる。私は舞台の裏側を知っている。彼らは、私を面白がらせ、同時に悲しくさせる。彼らが夜中にはずっと楽々と立ち上がる様子がうかがえる。楽しかった時代の話に興が乗っていけば、彼らがしっかりとした陽気な声で話すのが聞こえる。ふるさとの話、まだ小さな子どもたちの話をする時。子どもたちがまだ自分をがっかりさせることのなかった頃の、自分のことを忘れてしまう前の話だ。医者が病室に入ってくると、その声がよれてかすれていくことに、顔色が悪くなることに私は気づく。病人と医者の間で演じられるこの小芝居の舞台裏を私は知っている。

私は密告したりしない。別に誰かがだまされているわけではない。寝巻の下に大したものが隠されているわけではない。

誰かがそこにいて、自分ひとりに目を向けてほしいのだ。配慮のないひどい扱いをされるかもしれない。医者は私たちにそうすることが許されているし、そうせざるをえないのだから。それでも、解放されたいという自分の欲求、暴力を自分の外に吐き出したいという欲求のために、その愛を、その身を捧げてくれる誰かがいてほしい。このサンドバッグのような体、生きている布袋。反応し、苦しみ、うめき、やめてくれと頼む何か。贖罪の生贄。沈黙を強いられている自分の代わりに語る者。必要な検査をやめてくれとは頼めないのだから。医者が苦痛な処置をすることは当然許される。処置に失敗したらやり直しが認められる。自分を助けようとした友人の不器用な動作は大目に見られる。たとえそれが苦しみをもたらすとしても、愛は拒絶されない。もう立っていられないとも言えず、壁にしがみついている。

私には誰か、私の痛みの分だけ、痛めつける相手が必要だ。文字通りの意味での、苦しみの吐息。私の中で濃縮される攻撃性、私の辛辣な言葉、そっけない不愉快な行動、私に寄り添ってくれる人たちを当惑させ、たぶん苛立たせている、私のとげとげしくひねくれた態度を、転移してさし向けることのできる誰か。

私は文句を言いたい。あれこれと言いたてたい。この重荷をどこかに、しばらくのあいだ置いておきたい。誰も私の代わりにそれを担ってはくれない。誰も私の体から私を外してはくれない。そのたびごとに失敗する。心理学者も、医者も。優しい家族も。この状況の暴力性を和らげなければならない。けれど、誰もそれを弱めることはできないみたいだ。

すべて、もう一度、初めから。すべてがゼロからのやり直し。（病院を）出たら、すべてをやり直さなければならない。今回の発作で弱ってしまった体を立て直すこと。姿勢をまっすぐに保っていられるだけの背骨がなければならない。ちゃんと立っているためには、脚がしっかりとしていることが必要だ。荷物をもてるだけの腕力が必要だ。混濁した眠りと、曖昧な覚醒と、つかみどころのない夢で出来ていた受け身の日々のあとで、普通の生活に必要なだけの、覚醒した俊敏な精神を取り戻さなければならない。だから、もう一度、また同じ努力をやり直して、この焦土の上にほんの少しの命が再生することを願わなければならない。再び食べて、歩いて、階段を登って、すこしだけ走ってみなければならない。体は崩れてしまって、思いがけないところから薄くなってしまった肌の下に骨が突き出してしまっているのだから。日曜の朝には、起き上がって、公園の中で健康な汗をかいている人たちの群れの中に混ざるだけの勇気を取り戻さなければならない。いやでも目についてしまう違いを気にかけないようにしなければならない。

あらためて筋肉をつけなくてはならない。かっこよく見せるためにではない。肌をすりむかずに膝をつくことができるように、骨で肌を傷つけてしまわずに座ることができるように。骨は、体の中のナイフのようになっている。危険は外からやってくるだけではない。それは自分の中からやってくる。

そのために数週間はかかる。その訓練をしないと、体が変な形に作り直されてしまうのだそうだ。きちんと奥まで押し込まずに、手当たり次第に何でも詰め込んで、膨れ上がっていく空の袋のように。羽根でいっぱいにした枕のように。今度はそうならないようにしよう、と思う。それから、今までもこの誓いがしばしばむなしいものであったことを思い出す。入院のたびごとに、私はあのぐったりと疲れて痩せ細った状態に陥っていたのだから。これが最後だというのであれば、確かに治ったのだと思えるのであれば、そんな努力だってやる気になるだろう。

けれど、すべて、もう一度、また初めからやり直さなければならないのだ。一分だけ走って、それから二分、それから三分。それ以上は無理。もうずっと前から、それ以上は走れなくなっている。でも、大したことじゃない。ほんの少しの呼吸と、バランスを回復して、この体に対するほんの少しの信頼を取り戻せば、いつもいつも弱ってしまった体のことを考えなくてもすむ。それを恐れなくても、それに耐えなくてもよくなる。再生の作業を反復すること。何はともあれ、まだ生きているのだと主張すること。自分が空っぽになって、ふらついているのを感じる。耳鳴りがして、頭がぐらんぐらんして、脚が震えて、ちょっとでも頑張ろうとすると吐き気がする。ただもうそれだけ。ほかにはほとんど何もない。

顔を作る。文字通りの意味で。病気がそれを壊してしまった時には、巧妙に表情を組み立てる。病いが消すことのできない痕跡《スティグマ》として刻み込まれたままにならないように。笑みを浮かべる。何度も笑みを浮かべる。穏やかで安らかな生活を送っているのだとみんなに信じ込ませる。それに、時には確かにその通りなのだ。そんな時だけ、人に話をする。

顔を上げる。背中を丸めない。真っ直ぐ前を向く。筋力の足りない分は気持ちで補う。体の衰えに気力で抵抗して、奮起させる。意志で電気ショックを与える。気持ちを楽にしたほうがいいとみんなに言われる。冗談じゃない。抵抗しなくちゃいけない。気を張り詰めて闘うことだけが、それを可能にする。気をゆるめたら崩れ落ちてしまう。疲れが勝ってしまったら、私はもう立ち上がれないかもしれない。横たわったままの世界、床についたまま、みんなからは忘れられてしまう人たちの世界に沈み込んでいくだろう。そうしてついに、その人たちは、その世界とひとつに溶けてしまうことになる。

痛みはゆっくりと弱まり、それが新しい普通の状態になる。ほかに生き続けようがない。要求の水準を引き下げ、こんな感じなら生きていけることを理解する。こんな顔と、こんな脚と、こんな体で。こんなに醜く弱った姿には決してなるまいと、昔はずっと思っていた。そんなの耐えられるはずがないと。

ある日、通院の時に、医師が、それ以前には見たことがなかったような顔つきで、あなたは「寛解」しましたと告げる。彼は、そのことがどんな気持ちにさせるのかをあまり理解しないまま、誇らしげに、ほっとしたようにそう言う。その口ぶりは小学校を思い出させるような。もちろん、寛解とは本当はどういうことなのかを、彼は言わない。病気の前の生活に戻ることだと思われるかもしれないが、そういうことではない。それでもやはり、寛解導入は、自分の身に起こりうる少しでも良いことである。喜ばないといけません、と彼は言う。注意書き（Nota bene）。喜ぶのを忘れてはいけません。もちろん、痛みはまだ残ります。でもそれは「残留性の」痛みだとご理解ください。お分かりですね、こうして今は寛解状態にある、それはつまりこのあと状態は悪くならないということです。すでに居座っている痛みはなくなりませんが、それが強くなることもないはずです。この先も髪は抜けるでしょう。でも、たぶん、昔何回かあったようにごっそり束になってということにはならないでしょう。あの時は、全部抜けてしまわないように、櫛を通すのをあきらめなくてはなりませんでしたけど。要するに、完全に大丈夫だというわけではないのだ。けれど、寛解は私たちにとって新たな理想。たとえ、それが条件次第でどうなるか分からない仮定上のものであっても、間違いなく治療上の素敵な幻想であるとしても。そのタイミングで、外来の間隔をあけて、病気とともに生きることを学ぶようにとアドヴァイスされる。発想を変えて、他のことを考えて、スポーツをしたり、ゆっくり休んだりするようにと。自分の考えること、なすこと、希望のすべてが、病気次第になっているというのに。病気が自分の心の中で決定的に重要な主題になっているのに。彼には、病気が私たちのすべてを占めていることが分からないのだろうか。

おそらく一番予想外なのは、寛解が私たちに問題をさし出すということだ。公式には、病いはもう私たちの苦難をなすもの、執拗に私たちについているものではありえなくなっている。重篤な状態は私たちの生活から遠ざかる。それとともに、応急の対応や不安、重い病いであることに関わる一切の緊張もまた。症状が現れることへの、診断への、治療への、入院への恐れ、将来の不確かさ、度重なる通院、治療の副作用、いつ起こるかもしれない悪化、器官の損傷、修復手術。最悪のこと。医学辞典では十行に凝縮されているが、インターネットでは数限りないページにわたって記されている、最悪のこと。それがどのような形で展開するにせよ、ともかく最悪のこと。それがいつも、背景にひかえていて、ている。隣の部屋で、同じ病気で死んでいく、まだ二十歳の重症の患者を見たのだ。すべ記憶によって養われている。記憶の中には、病院へ行った時の想い出がたくさん蓄えられてが混然としている。同情と、度を超した怖れと、病的な欲望と、生の極限に対する口にしがたい誘惑。

しかし今は、生き続けなければならない。それは当惑を誘う新しい事態。治ったのではない。治ることはない。そうではなく、危機の状態と、それによって許されていた特別扱い、それによって強いられていた生活全体の配置から抜け出さなければならないのだ。命綱を解いて、安全網なしで、頑張って一人でやらなければならない。病院の診療の回数を減らし、運動療法を受けるのをやめ、次第に応急の治療を減らしていく。一人きりで。公式には、危険な状態を抜け出しているのだ。それは、周りの人が自分の手を離すということ。それで幸せになるのではなく、見捨てられて、前よりももっと脆くなっていると感じる。

病院の中に取り込まれていた生活を、少しでも自分の手に取り戻すことができるだろうと思った。少しでも、自立を回復することができるだろう。独占欲の強いこの恋人と別れることで、自分のことを考えることができるだろうと。けれど、医者たちは別のことを考えている。良くなっていくのだから、それを大事にしなくてはいけません。明らかに、その言葉は、彼らと自分とでは、同じ意味をもっていない。

寛解は休息ではない。それは、再発のリスクの計算をともなった、新しい闘いの始まり。医者たちは、うやうやしく、妊娠を考えてはどうかと奨める。ちょうどいいタイミングだから。病気が一番おさまっていて、妊娠に関わる免疫の混乱が一番悪い影響を与えない時だから。どれもこれも、どちらかと言えば、という話だ。

医療はすべてを自分のものにしてきた。どこまでも口出しをしてくるようだ。あなたの欲望はもはやあなたのものではない。それは治療の論理の中に組み込まれなくてはならない。私生活という考え方を完全に諦めてしまわなければならない。

それに抵抗して、医者たちの計画を、侵襲的な検査を、注射を、新たな治療をあきらめさせようとする。この体が、自然な、普通のものになることを夢見る。けれども体は動かない、変な癖がついている。医者たちにやりたいようにやらせてしまう。体はとうに諦めている。

彼らはご丁寧にも、五年後にお願いされても駄目ですよ、それじゃあ遅すぎます、と言う。これは脅迫だ、間違いなく。けれど、彼らはありとあらゆる権利を、ありとあらゆる権限をもっている。もうずっと前から、私たちの命は彼らの掌中にある。降伏するしかない。

リスクを冒さない手はない。固く禁じられていたことが可能になるのだ。ためらわずにそれを受け入れてはどうですか。それが、まずはじめに言われたこと。妊娠には大きなリスクがともないます、母体にも、胎児にも。彼らはしっかりと、危険性を、そして慎重になることが必要であることを強調する。ところが、どういうわけかは分からないのだが、その同じ人が、今しかありません、先送りしては手遅れになります、リスクが高くなりすぎるんです、たぶんできなくなるでしょう、その時になって泣いてみても駄目ですと主張する。そして、彼らは驚いた顔をする。私たちの無理解に、ためらいに、不安に。女性の一生にとって一番いい時ではありませんか。私は、自分の顔にちょっとでも疑念が浮かんでしまってはいないかと、心配になる。でも、私は暗黙の教えを大事にする。これからは、ある程度のリスクを冒すことが必要になるのだ。危険だということは忘れなければならない。簡単なことだ。

この、やせ細り、色気の抜けた、疲れ切った体の中に、私は、豊満で、色香にあふれた、子どもを産める女をよみがえらせなければならない。私の体は、いつもサイズを見直さなければならない服のよう。しばらくは、同じ自分でいたいのだけれど。自分の体を、次の危機までの間は休ませてあげたいのだけれど。また新しく、乱暴に形を変えさせたくはないのだけれど。

私には、壊れていくこの体の中に、どうやって命を生み出せばいいのかが分からない。かろうじて自分を支えているというのに、どうやって別の誰かを抱えることができるのか。そのもうひとつの命が、私に残っている力を汲みつくしてしまうのではないかと、疑わずにいられない。この体のどこに、誰かに伝えたいものがあるのだろうか。

呪われた者の血筋を引き継ぐこと。心配しながら、病気の前兆が現れるのを、二十年間待ち続けること。病気になる前から、そうなるかもしれないとほのめかすような、慎みを欠いたまなざしを、自分自身の中に生み出し続けること。医学的にそう言われているのだ。

この種の疾患においては、ストレスが引き金になるのです。だとしたら、周りの大人たちが差し向けるあの不吉なまなざし、いつまた症状が現れるのかしらとうかがうまなざしはどうなのだ。あの人たちこそ、それを不安がることによって、病気を呼び起こしているのではないだろうか。

医者たちは、治療と入院とその後の検査の日程をきちんと整えているかもしれない。けれども、病いに相対した時には、非合理なものが力をふるうだけだ。用心していても何の役にも立たない。何一つ予見することはできない。病いは、それを押し返し遅らせようとする私たちの努力を、ことごとく挫折させる。病いは、私たちには理解することのできない、それ自らの規則を備えている。私たちは、ある種の無頓着さを決めこむしかない。断念して、意図的に、無頓着さを選び取ること。リスクがあるのは仕方がないことなのだと。不安が自分の生活の隅々にまで入り込んでこないようにするために。それが理解できない人もいる。その人たちには、私たちの足の踏み出し方は危険なものに映る。もう少し分別のある、無理のない計画にしてはどうかと言う。でも、危険は外にあるのではない。それは自分自身の中にある。私が安全でいられる場所は存在しない。私は、自分の中に起爆装置を抱えている。

体の中を、器官から器官へと動いていく液状爆弾。心臓、肺、胸、脳――それがたまたまどこに当たるのかは分からない。

雨が降ると調子が悪くなる。私は、それが手や足にくるのを感じる。私は、それが染みて、上がってきて、関節を冒していくのを感じる。湿気が別荘の古い梁を蝕むように、硝酸の結晶《エフロレッセンス》が壁に広がっていくように。その水が肺にたまり、心臓に続く脈に凍りついて結晶化するように感じられる。その汚れた水が、重く粘ついて、脚をだるくさせるように感じられる。体中に水が広がる。私は体の中でおぼれて、水膨れになる。やがて水は、とっくに腫れあがっている私の顔にまで達するだろう。破裂するまでふくらませる風船のように。

足や手がむずがゆいのも、雨のせいみたいだ。乾いた肌の上に滴る見えない雨粒。それはだんだん強く打ちつけられて、雹のようになる。粉々に散ったガラスの雨。それは誰にも見えない。そんなことを誰も信じないだろう。そんなことを言って何になるだろう。私は見えない雨に苦しんでいる。病いは私の頭の中にある。

心因性の身体症状。その可能性を無視することはできない。片頭痛や、抑鬱状態や、手のむずがゆさに、効かない薬を使って何年も無駄にしてしまった。けれども今私は、それを認める覚悟ができている。私の症状のいくつかは心因性であると。どれがそうであるかを言うのは難しくない。それは、私が病院を離れてから現れ、次第に増えている。

けれど、すべてが想像の産物というわけではない。アルファベット順に並べてみる。脱毛（alopécie）、貧血（anémie）、無食欲（anorexie）、無気力（asthénie）、嗜眠症（hyper-somnie）、頭痛（céphalées）、痙攣（convulsions）、抑鬱（dépression）、浮腫（œdèmes）、腹膜炎（péritonite）、多発性関節炎（polyarthrite）。あとになって、私は研修医向けの教科書に症状の一覧表を見つける。たいてい、アメリカの研究者たちが作り上げたものだ。症状の一つひとつに、特定の数値《ポイント》がついている。私の症状を全部足し合わせれば、かなりの高スコアになる（実際、教科書にはそういう言葉が使われている）。残念なことに、この国の医者たちはそんなゲームをして遊んだりしない。暇つぶしになるのに。それは、彼らの関心事ではないらしい。病気が自然に熟していくのに任せたほうがいい、ということだろう。

怒りのエネルギーさえ枯渇してしまう日もある。そんな日の朝は、鳥たちが声高くさえずっても、私は起き上がることができない。私は目を見開いたまま、何時間も、苦痛な姿勢のままでいる。動く気力さえなくなっているので。動けばもっとつらくなるので、叫んで、そこから解放されようとする。まるで体の中で何かが破けてしまって、そこに力が入らないみたいだ。私は一日中ベッドの中にいることになる。何も読まず、何も食べず、起き上がることもせず、ろくに考えることもせずに。痛みに吸い尽くされ、力をなくした思考の、完全な空虚の中にすべて宙づりになって、消えてなくなることだけを願っている。四ヵ月か五ヵ月のあいだ——もう本当にどのくらいだったのか分からない——私は、この弛緩した生活の中を漂ってきた。疲労を果てしなく増幅させるだけの薬につかって、肉体的にも精神的にも何ひとつ頑張ることができないまま。

上着を着たまま、ソファーの上で、何時間も無駄に過ごしてしまうこともある。パンを買いに行く力が出ないのだ。何時間もテレビの前でぼおっとしている。ただ、その騒々しい内容で自分の心を満杯にしてしまうために。そんな時には、何であれ考えようとするのをやめるために音声と映像を頭に詰め込まなければならない。頭に浮かんでくるのは、死んでしまいたいという考えばかりだから。お風呂の熱いお湯に何時間もつかって、その日のニュースを何回もくり返し聞いていることもある。この果てしない回帰に麻痺すること、日常の過酷さに慣れていくこと。無関心を身につけること。自分自身を支えるために。鏡に映るこの奇妙な顔と、ぼろぼろに傷んだ体を受け入れるために。思考もまた変質してしまった。より冷淡に、よりシニカルに、よりわがままに。

精神科医は呪術的思考について話をする。私は病気が必ず自分に襲いかかると信じているから、病気のことを考えてしまうのだそうだ。自分の思考力を過大評価している。結局私は、子どものような考え方をしているのだ。考えることを仕事の道具にしてしまうと、人の話を聞きいれるのはいつも愉快なことではありませんね、と。私がそうだと思い込むするとほとんど奇跡的に、その翌週、まぎれもない身体症状が現れる。私は親指を曲げることができなくなってしまった。これといった理由もなく、ある日突然、分離が起こる。私にはもう、右手の親指がない。

精神科医は疑いを抱く。彼は私を自分の妻のところに行かせる。彼女はリューマチの専門医だ。彼女こそが私を、心因性症状の迷路地獄から解放してくれるだろう。彼女は、いずれかの自己免疫疾患であるという見立てを示して、患者たちがずっと生きてきた、ぼろぼろの土地に目を向けてくれるだろう。他の医者たちの多くは、馬鹿にしたような態度でその小さな事実を却下してきたのだけれど。私たちが悲観的な考え方に浸っていると非難する人もいる。そのことに、彼らは憤りを見せる。私の痛みなど存在しないかのように。

私がまるで気がふれてしまったかのように。考えすぎるからそうなるんだ。他のことを考えたらいい。何でもないことなんだ。この激しい痛みを、何でもない、と言う。そこで否定されてしまったら、あなたはもう何ものでもない。自分のエネルギーのすべてを使い果たしてしまうものが、存在しないというのだから。あなたの中で、あなたを蝕んで行使される暴力が、忘れ去られてしまうのだから。否定され、否認されているのは、あなたの存在のすべて。二度にわたって、奪い取られ、押しつぶされ、裏切られる。医療は、いつもあなたを子ども扱いする。病院はあなたの言葉を無視する。誰もあなたのことを信じない。

自分のオフィスの奥で、D・G先生は、なくてはならない付属物のようにその手に収まった、彼の仕事用の義手のような小さな機械で、診察の結果を文書化する。この迅速な検査を経た今となっては、もう間違いない。その検査の日のことを彼は明らかに手帳に付け忘れていたのではあるけれど。彼は、生物学的な検査の結果をさっと見渡して、リューマチ専門医の仮説は「きわめてありそうにない」ものだと断言する。私はほっとする。ゆっくりと悪化していって、障害をもたらすような、おそらくは遺伝性の不治の病いではないのだ。彼は一言で、好ましからぬ診断によって根本的に変わってしまった生活の不安を一掃する。そこにも、ちょっとした偶然で悪いことは起こるけれど、家族の中で身内が過ごしているような、容易に想像のつく生活の範囲。安堵の息をつく。私たちを不安がらせた前の医者にちょっと文句を言う。しかし、未来は開けている。すべてを諦めたような、あの生活に備えなくてもいいのだ。

ところが、二ヵ月後、症状は悪化し、私は入院しなくてはならなくなる。九月にはほとんどありそうもないと言われた仮説が、十二月には完全に確かなものになる。病気にはそれぞれに開花の季節がある。私の病気が花開く。つらい春だ。私を受け持つインターンの若い女医は、遠慮がない。彼女は断定的な口ぶりで私に診断の一撃を加える。「間違いありません」。にわかには信じることのできない私を前にして、彼女は苛立つ。まるで私が彼女の力を疑っているかのように。そこで彼女は、ずっとはっきりとした口調でことを伝える。あなたはその病気に冒されているのです。すべての症状が出ています。すでに一定数の病変と異状と痛みが確認できますし、疑いの余地はありません、まだ生命器官には及んでいないとしても、早晩そうならざるをえないのはまず間違いありません。事態をちゃんと受け止めるべきです。ほかの道を探してみても何の意味もありません。診断は明白で疑いようがないのです。私は闘おうとしているのではない。医学的で数学的な可能性が何も語らないことを理解する。最初の診断が、書類を一つ片づけるために、急いでなされたものであったことを理解する。

私にはもう彼女の名前も分からない。彼女の顔はぼんやりと覚えている。特に、そのきっぱりとした口ぶり。その意地の悪そうな顔立ち。そのあとも、病院の廊下で何度かすれ違ったけれど、その後、姿が見えなくなった。たぶん、どこかほかのところに配属されたのだ。彼女は、私の視線に込められた敵意を理解しなかったに違いない。私は、せめて彼女がそれを感じていたことを願っている。私はずっと、彼女がその日はからずもそうしてしまった分だけ、彼女を傷つけてやりたいという馬鹿げた思いを抱いている。彼女は私のことも、自分が発した言葉の暴力も覚えてはいない。その言葉が、私にはどんな意味をもっていたのかも。その言葉が、その日どんなふうにまったく別の人生を宣告したのかも。

あとになって私は、ちゃんと分かりたいと思って、医師に手紙を書いた。彼は自分の診断をもう一度確認した。当時はこんな風に病気が進むとは予見できなかった。彼が主張しようとしているのはそのこと。医学的な領域での私の不注意を思い起こさせ、私をしかるべき場所に落ち着かせようとする、特有の科学的言葉づかいで。私の、患者という場所に。黙って、耐える者としての患者。その時すでに感じていた痛みの激しさを故意に無視して、標準や数値や統計的データを参照することですべてを薄めて語ろうとしていたけれど、彼の不誠実は明らかだ。その後、彼もまた病院にはいなくなってしまう。まるで私は、悪い夢の中で、この場面を見たみたいだ。

この二ヵ月の猶予期間のあいだ、私は決定的な破局から救われた、生き延びたと信じていた。自分がこんな病気に冒されたまま生きていくなんてありえない、という信念に支えられた糠喜びだった。自分がずっと思い描いていた人生を放棄することができるとは思えない。けれども、そういうことは起こりうるのだ。そして、病いが障害を押しつけてくればくるだけ、耐えることができると思える状況の限界が押し広げられていく。健康や美や尊厳についての考えの一部を放棄する。病院で味わわされた屈辱を受け入れる。他の人たちに気づかれて、そのたびに深くえぐられていく傷。ただ不器用なだけにせよ、あるいは自分を安心させるためであるにせよ、同情のまなざしを向けては、そのたびに刺すような傷を与えてしまうような人たちのことを、避けるようになる。もう大したことは言わなくなる。同僚がちょっとした体の不調のことを話すたびに、そっと身を隠すようになる。たぶん、忍耐力のない人だと思われている。でも、そのちょっとした病気のことが、私たちには耐えきれないのだ。

彼は私の前に立っている。その健康さと、日に焼けて、背筋の伸びた、引き締まった体を、これ見よがしにして。病人たちを挑発するかのように。私たちは決して彼のようにはなれない。その存在そのものが、私たちの失敗を、私たちの劣等性を思わせる。彼の態度が語っている。僕は体を鍛えてますから。彼の顔色が語っている。素晴らしい夏休みでした。彼の目が語っている。あなたを助けてさしあげたいと思っています。見ていると可哀想になりますからね。彼の時計が語っている。僕が個人的に診てる患者さんはたくさんいます。一回の診察で三五〇ユーロです。

私も、私なりに彼のことを聴診しているのだ。彼の言うことを聞いているのではなく、彼の体が意に反して発してしまう言葉が聞こえてしまう。私は、困惑して喉を鳴らす音を聞く。その無言の間を聞く。私は、その手が私の関節のこぶを探り当てようとしている時に、私を避けようとしている彼の目を見る。私は、こと細かに彼を観察する。彼は裸ではない。そのほうが好都合だ。彼の服の着方、立ち方、ふるまい方がずっと多くのことを教えてくれる。

思わず尊大になってしまう時、落ち着かない私につい苛立ちをのぞかせてしまう時、私の不安をどうでもいいことのように一掃しようとする時、彼もまた、それほど見た目に美しいわけではない。

私も、いつも同じ彼の質問に投げやりな答えを返す。その質問は、私が病者として送っている日々には何の関わりもない。たぶん、彼の解釈枠組みの中に組み込まれていくのだ。それは、本当に失望したことには一切触れず、必ず満足しているという答えを導くような満足度調査に似ている。彼の診察はいつも同じように進んでいく。考察に値する唯一の結論は、私が病人ではないこと、私は苦しんでいないことである。私が指し示している症状は、彼の評価基準には対応していないのだ。でも、それは医学の教科書にははっきりと書いてある。私はそれを知っている。何冊も読んでいるのだ。そして、予想外でしょうけれど、私はそれを理解している。

私もまた、彼が説明することを聞いていない。彼は私の痛みをどうでもいいと思っている。私は彼の忠告をどうでもいいと思っている。私はこれからも肌を焼きに行くだろうし、過ぎるほど働き続けるだろうし、昼でも夜でも構わず仕事をするだろうし、眠れる時に眠るだろう。彼はずっと、ヨガとか、リラクゼーションとか、サイコセラピーの話をしていればいい。猫に泳ぎを教えるようなものだ。

私たちは互いに向き合っているけれど、そこには無理解と無言の暴力しかない。彼は私が従順で薄弱な患者の役割を演じないことを不愉快に思っている。薄弱な者、文字通り弱々しい者、人に助けられている者、人の話を聞き、信じ、受け入れる者。彼は、私の猜疑心を非難する。私が彼の力量を疑っていると思っているのだ。彼は、患者の心理に理解のある、思いやりのある者でありたいと思っている。彼は誇り高く、思い上がっている。

彼は、「今のところすべて順調ですね」と言って診察を始める。それを聞いて私はほっとする。けれど、念のために、それまでの経過を手短に彼に訴えてみる。六ヵ月の間に二回入院しました。肺に発作があって、いくつかの数値がはっきり下がっていて、それは病気の再発を示していると思うのですが。彼は動じない。少し間をとって、反論を準備するために、送られてきた書類の何枚かにもう一度目を通す。私は、医学用語を使ってしまって、少しやりすぎたことに気づく。それはこの人の領域だ。この人は自分の領地に足を踏み入れられるのをよく思わない。彼は守りを固め、手駒を動かし、私に選択を迫る。彼のフィールドで続けるか、それとも相手を換えるか。内科チームのほうへ行きますか、それとも僕のところで？　彼は、私が忠誠心を示さないことを非難している。彼が、私の症状を軽く見ていたから（「ストレスですよ」）、私は彼の同僚の一人に電話をかけたことがあった。そうしたらその医者は、呼吸困難で私を入院させたのだ。

自分が間違っていたことを認めるわけにはいかない。彼は次の一局に挑む。過去の失敗の想い出にいつまでもまごついているわけにはいかない。メンツを失うわけにはいかない。彼は私に、診療チームはそれぞれに違う役割をもっているから、診断の結果も治療法も同じではないんだ、と説明する。「料理みたいなものです。それぞれの得意のソースがある」。その作戦はうまくない。メタファーは私の領域なのだから。でも、私は彼をすぐに打ち負かそうとはしない。彼が腹の中で何を思っているのかを見たいのだ。私は、料理人としての彼のふるまいについても、患者を肉の切り身に見立てるというこのイメージを選んでしまったことが、はからずも何を表しているのかについても、コメントを差し控える。一枚のステーキ肉、胃腸《トリップ》、腎臓《ロニョン》。肉の切り身に香辛料をきかせる。焼きすぎて焦がさないように、火にあぶる。彼は自分の任務に戻る。彼はいくつかの質問を投げかけ、私が答えるとそれを遮る。私を診る前にもう書き上げていた診断書を確認するために。あらかじめ何もかも済んでいたかのように。

彼は私の健康状態を判断し、私の生命を秤にかけ、私の私生活に足を踏み入れ、家族に説教をたれる。私の体の状態を評価するだけでは終わらずに、その状態に対する責任が私にあると考える。まるで私が、できの悪い書類を、やっつけ仕事を彼に提出してしまったかのように。

彼は勇ましく立ち上がり、身をかがめ跪いた病者の軍隊を高みから見下ろしている。白衣に身を包んだ彼は、この嘆きの島、傷んだ体と試練に耐えてきたまなざしをもつ人々の島を照らす灯台である。彼は、患者たちを軽んじる気持ちをうまく隠すかのように、重々しい声で、ゆったりと話す。彼は患者のことが好きではない。患者が不平を漏らし、なかなか治らずにいることを、歳をとりすぎていたり若すぎたりすることを、諦めてしまっていることを、いつも不満を抱えていることを、快く思っていない。患者たちが、自分に不足している希望や生命力を彼に求めてくることを、疎ましく思っている。

私はこのゲームの結末を知っている。最後には彼が勝つのだ。私は自分の痛みの記録を抱えたまま帰っていく。彼はまたしてもそれを受けとろうとはしなかった。彼の目には、それはまだ不十分なもの。私には、すでに重すぎるものなのに。

医者たちの身に染みついた考え方は、そのふるまいのすみずみにまで浸透している。私は、その手によって撫でられているのではなく、触診されているとしか感じられない。すべてのふるまいは、医学的なカテゴリーに翻訳され、それにしたがって解釈し直される。私に触れるのではなく、私を聴診するのだ。私の中に入ってくるものは、すべて侵入してくるものだ。体はぼろぼろになっている。変形され、擦られて、傷み、肌は絆創膏で剝がされ、採血や注射や点滴の痕が青くなっている。点々と染みのついた肉体に、医療者たちは驚きもしない。転んで、あちこちにぶつけて、青痣だらけになっているやんちゃな子どもの体が、私の命に迷い込んでしまったような気がする。早々と老いてしまった体の上に残される子どもの青痣。すべてがめちゃくちゃ。この奇妙な、恐ろしい体の中には、極端に離れたものが共存している。長く生きすぎてしまった者たちの疲れと、生命を自分で支えていくことへの希望。この体に向けられる欲望は、おそらく、重すぎて担いきれない。それは、身の丈に合わないほどのものかもしれない。つらすぎて、自分では支えられない。

もう、私は、やせ細り、関節炎のために曲がってしまった自分の腕では、長い時間子どもを抱いていることもできない。文字通り、私は子どもをもてない。

病気は、自分のことがそれほど好きではない人たち、そうであってほしいと思うほどには自分のことを好きではない人たちの関心を引きとどめるための、卑怯な、恥ずべき手段である。それは、病気のために弱ってしまって、幼児化してしまった大人の生活の中で、飾り気のない率直な愛を再び見いだすための、子どもじみた計略。病気は括弧を開いて、普段ならば恥じらいやためらいのために口にされることのない愛情を表出させるので、言葉によってやさしく慰め、不安を鎮めてくれるような機会をもたらしてくれる。人は、病気が自分の愛する人々の関心を引きつけることを知っている。人はそれを必要としている。

口論は病気の副作用のひとつ。たった一本の煙草がものすごく大事なものになる。自分のことを大事に思ってくれる人に逆らわねばならない時の、愛しているから、心配しているから、守ってあげたいからと言ってあれもこれも禁止しようとする人々と、ぶつかり合うことでしか病気に抵抗することができない時の、あの上ずった口ぶりをもう何度も耳にしてきた。

こんな口論を前にも見たことがある。私は覚えている。十年ほど前にも、やはりこんなことがあった。私はそれを、理解できないままに見ていた。そこには、大した手段はなくとも、できる限りのことをして闘っている人の怒りが語られていた。彼は病人ではないけれど、そこにいる。無力のまま、病人の傍らに。何がどうあっても、正常な生活を取り戻すことへの希望、あるいは幻想を保ち続けようとする。にこやかな顔を見せ、楽観的であろうと努めている。二人のために、いつも不足気味の勇気を見つけだそうとする。けれども時々、この日々の闘いに疲れ切ってしまう。そして、ちょっとしたことで爆発してしまう。

私は、あの人たちの口論を想い出す。何でもないことから始まる口論。ほんのちょっとした自由を、彼女がこっそり手に入れようとしていたのだ。一本の煙草。たくさんの禁止事項の中に、喫煙も含まれている。ちょっとでも悪いものは全部禁止されている。

その日の午後、彼女は、ベランダでひそかに一服するために、病室を抜け出していった。週末に見舞いに来ていた仲間たちと一緒に。彼は激怒する。今ここで煙草を吸うことがどういうことなのか、誰も分かろうとしてないと。何ヵ月も頑張って、吸いたいという気持ちを我慢させてきたんだ。こういうちょっとした誘惑のせいで、すべて元の木阿弥になってしまいかねない。「ほんの一回だけ」のことじゃない。相手のために良かれと思って、何週間もどうしたらうまくいくのかを考えて、話し合いをしてきたのに、ほんの何時間かも我慢できない人たちが現れて、人の気持ちを嘲笑うようなことをする。だったら、もううんざりだ。好きなようにすればいい。勝手にダメになっていけばいい。君の人生だからね。楽しんだらいい。だけど悪かったね、君を守りたいと思ってる、また発作が起きないようにって思っているんだ。君が苦しまずにいられるように、病気のせいで弱ってしまわないようにってね。もっと重たい言葉が、あなたの頭に浮かぶ。それを黙らせないといけない。でも、襤褸切れとか残骸とか幽霊とか、そんな言葉をふり払うことができない。その言葉がふさわしく思えるから。こんな場面ではいつも、彼女はまさにそんな風に見えるから。彼女のまなざしは混乱し、虚ろになり、あなたを見てないみたいだ。とっくにあなたのことを消し去っているかのように。彼女が、どこかほかの場所、遠くにいるかのように。あなたは彼女を自分の腕の中に取り戻したいのだ。でも、彼女の残りの人生をずっと支えていけるわけじゃない。大きくなりすぎた子どもみたい。

あの人たちにとっては簡単なことだ。ここに来て、うまくいっているよ、とても幸せだ、いつも通りにやっているよと言うのは。でも、彼女が、麻痺を起こして目覚め、目も見えにくくなって、涙でぐしゃぐしゃになって、夜中に起きた発作のせいでうろたえている時に、救急室に駆けつけてくれるのはあの人たちじゃない。あなたはあの人たちにそう言ってやりたい。でも、羞恥心と、うんざりした気持ちから、思いとどまる。無関係な人たちじゃない。友だちや親戚たちだ。あの人たちも同じように彼女を愛している。けれど、無関心というわけではないとしても、あの人たちはこの病気の圏外にとどまっている。そこに足をとられているわけじゃない。あの人たちは、あちこちに罠を仕掛ける病いの論理に引っ掛かってしまったわけではない。それは人生のありとあらゆる隙間に入り込み、すべての通気口をふさいで、ゆっくりと窒息させていく。それはほんの小さな自由をことごとく奪い取っていく。日々の喜びを禁じていく。食べること、飲むこと、息を吸うこと、陽の光を浴びること、休暇や週末やピクニックに出かけること、たとえ一時間であっても、その場の気分でやれることは何もない。ただ生きているためだけでも、保護者と薬と杖が必要なのだ。

こんな口論はこれまでにもなされていたし、これからも何度となくくり返されるだろう。ほかの人たちの物語の中でも、私の物語の中でも。私がほんのわずかな普通の生活を要求し、誰かがそれはもう無理だと諭し、そんなことをわざわざ言わなくてもいいじゃないかと、私が怒る。そんな口論。楽しみはどれも危険なのだ。十年前の彼女にとっては、一本の煙草が。今日の私にとっては、日光浴が。少しだけ日焼けしたいという愚かな欲望。昔そうしたみたいに。禁止されてしまった今になって、ますます強まって行く欲望。陽にあたりに行きますと私が言う時、医者の頭の中にあることはよく分かっている。彼らの目が、それは駄目ですと語っている。「あなたはもう陽を浴びてはいけないのです」という声まで聞こえてくる。私にはもう、深い深淵と、漆黒の闇しかない。私の肌は、何も遮らない。陽の光は、直に私を焼いてしまう。夏の初め、プールサイドで、はじめはチクチクするだけだったのが、だんだん激しくなり、ついには、ほとんど麻痺してしまうほど焼け焦げている感覚になった。それでも、去年の夏はまだすべてが普通だった。今はもう、許されない。こんな感じで、予告もなく、理由説明もなく、身体の新たな法が下されるのだ。

彼らの目が、そういう話ではないのだと言っている。そんなことを話しているんじゃないんだと。そこで言葉は止まってしまう。言いたいことがたくさんあるのに、そこで中断され、途絶えてしまう。苦しみの話をしているのではない。痛みのことに触れているのではない。病気が希望や欲望を損なってしまうなんてことを言ってるわけじゃない。それは、この場にふさわしい話じゃない。駄目になってしまった、哀れな、醜い体の話をしているのではない。それは、私の体ではあるけれど、同時に、いつの日か必ず、私たちみんなを待ち受けている体でもあるのに。

そんな話をしているのではない。それは現実の生ではなく、悪い夢、引き立て役の生。他の人たちを守るために経験される生。贖罪の生贄を捧げることで、悪い運命を祓い、安全な場所に置かれているかのような。ほかの人たちがそんな目に合わなくても済むように生きられる生。その物語は、少しよそよそしく、離れたところにある。現実を描き出しても、そんなことがあるのだということを、彼らには本当に信じることができない。彼らは、人は少し大げさに語るものだという前提に立っている。けれども、彼らは、私たちが嘘をついていると思って、それで非難しているわけではない。こんなことが、すべて本当のことであるはずがないのだ。常に病いにとりつかれ、痛みによって蝕まれていくという生活が。それが、本当のことであるはずがない。話が長くなりすぎると、彼らは怒り出し、うんざりし、苛立つ。私たちがゆっくりと遠ざかっていくのを見ながら、私たちを悪い役にはまってしまった俳優のようにしか見なくなっていく。彼らは、この登場人物には飽き飽きしている。だから、すぐにも、もう何も言わなくなる。人はそれぞれの人に、その人が聞きたいことを返していく。彼らには受け止めきれないほど状況が突飛なものになると、一緒に笑って済ませるようになる。

病いの中には、しばしばアイロニーがある。あるいは、偶然のめぐりあわせが。いずれにしても、私たちのことをよく知らない人たちにとっては。彼らは、これまでに散々論じてきた状況を、私たちが実際に体験していることに驚く。まるで自分の思考のテーマに感染してしまったかのように。彼らはそこに運命のアイロニーを見る。もちろん、つながりはもっと単純で、もっと利己的で、もっと執拗なものである。私は、存在の大いなる喜びについて書くのには、もとより向いていない。この十年間、私には、喜びや、単純で幸福な当たり前の生活について考えることは難しかった。そのことより、この内側から進む腐食、内臓の焼けつくような痛み、休息の不在について語ることのほうが必要だった。

もう、何が本当のことなのか分からない。どんな言葉がこの体験の真相を語ることができるのかが分からない。反復が言葉を侵食し、暴力が言葉を聞こえなくさせ、不満を漏らす声もかすれ、最後には沈黙することになる。けれど、何ひとつ消え去ってはいない。ただ、棄権が告げられただけ。私たちのことも、人はもう話したいとは思わなくなっている。闘いに疲れ、降参する。ええ、だいぶ良くなっています。もちろん。おかげさまで。あなたはそんな話を聞きたいとは思っていない、あなたは私が話すことを望んでいない、いいえ、良くはありません、ええ、まだつらいです、ずっと、ずっとつらいですなんてことは。だから、それは終わることがない。そう、決して終わることがない。分かりたいとは思わないのね？　治らないということがどういうことか、理解するのはそんなに難しいかしら。

彼らは理解しない。彼らは、気管支炎のためにこんなに何度も入院することに驚く。私が悪いのだ。肺がやられているのではないかと医者たちは思っているのだが、それを私がきちんと説明していないから。私は、そんなことが本当にありうると想像することを拒んでいる。でも、ありうるのだ。生命に関わる器官が、病気によって狙われている。心臓や、腎臓や、肺や、神経系や、関節が。耐えることが難しいのではない。耐えていることが耐え難いのだ。

私はそのリストを、不規則活用表のように、一連の文法的例外のように学習する。ミミズク（hiboux）、小石（cailloux）、キャベツ（choux）、膝（genoux）。そこには、それ以上の意味などない。それ以上の意味があってはならない。冷静に、淡々と、それを口にするためには。

私は彼らがまだ疑っていることも理解できる。彼らがすべてを信じているわけではないということ。私はこれと同じ感覚を、古い想い出に対して感じる。自分にもそんな時が本当にあったのだろうか。その当時のイメージは、現実味のないラ・ピティエでの日々の雰囲気の中に、重苦しい生活の中に、入院中のちょっとした悲劇的な日常の中に、溶けて薄まっている。

けれども、一つひとつの体の動きが、すべての配置が変わってしまったことを教える。手を握ったり、本を手に取ったりするそのやり方。床に足を下ろし、髪をとかし、鞄を提げ、鍵を回し、蛇口をひねり、ドアを押し、引き出しを開ける、そのやり方。

痛みがすでに許される動作の幅を決め、日々の生活の習慣を定めてしまっていたので、たまたま、自分にはもうできなくなってしまったことを発見すると、驚いてしまうほどだ。拍手喝采すること。拍手の鳴りやまない芝居の終幕には、自分が感動に泣くのか、失望で涙を流すのか分からなくなる。とにかく、できないのだ。この辞書をつかむこと、このスーツケースを引っ張ること、この水のボトルを持ち上げること。痛みはいたるところにある。

自分にできることの中から削除されたもののリストを作るためには、場所を移動してみるだけでいい。子ども時代を過ごした家は、失われてしまった過去についてのつらい証言であふれている。テニスのラケット。遠い時代の遺産。ピアノ。それを弾ける日があったと考えるだけで、不思議な気持になる。ハイキングシューズ。命は、私の身体の砂浜から離れていくように、これらの古い物たちから後退してゆき、それらを打ち捨てていく。すべてをいっしょくたにしたくなる。私が自分でやめたものと、病気のためにできなくなったものとを。時として、病気は言い訳でもある。あっさりと諦めてしまったことや、怠けてしまったことに対する。そんなことに騙されない賢明な人の言うことはどうでもいい。他人や、他人の判断や、忠告も、どうでもいい。しばしば、私にとってはすべて同じことだ。私はただ、そっとしておいてほしいと思うだけ。

私は時々、この地下層がなかったら、派手な裏地のようなこの秘められた悲劇的位相がなかったら、自分の人生はどんなだっただろうと考える。病いは、私にも簡単に同一化できるこの特異な、苦痛に満ちた意味を与えてくれた。不幸になろうとする資質が、ずっと前から私の中にあったかのように。

でも、それはどんな苦痛なのだろう。その裏側には何が隠れているのだろう。それを口実にしてみたり、飾りにしてみたりしている、つらさや失望とはどんなものなのだろう。肉体の痛みにとりついて、それを言い訳にしてしまう、日和見的な苦しみとは。それは、失敗することや見捨てられることの悲しみや恐れだろうか。私はいまだに、転んでしまったのをいいことに、別のつらいことのために泣き、愛情のしるしとして、ほんの少しの関心と自分に向けられるまなざしを獲得しようとする子どものままなのだろうか。私はこの病気と、誰にもいたわられないことや、誰にも応えてもらっていないことなんかを、いっしょくたにしてはいなかっただろうか。希望を奪い取られ、声も出ない状態に自分を置き去りにしているさまざまな失望と。唯一の罰、唯一の不運とはおそらく、自分で自分に課しているそれだ。

なぜ苦しむことを受け入れるのか。その見返りに何を得られると思っているのか。特別な地位、一種の選民、規格外の人生、周辺性。切迫した、濃密な生。驚き、そして暴力。耐え難くつらい、散漫な、人の目に見えない、未来から切り離された生活。はかなく、焼けつくような生。

これほどたやすく病人であることを受け入れてしまった私の断念の裏に、いかなるファウスト的な契約、恥ずべき妥協が隠れているのだろう。私は、自分が病人であるという考えに抵抗しなかった。一瞬たりとも。それは、私には抗い難いものに思われたのだ。私は、自分の子ども時代から、そうなることを準備していたような気がする。そうであることをずっと知っていたような気がする。

たぶん私は、この「病気がもたらす」苦痛を、もっと広い意味での生きる力の不足といっしょくたにしてきた。他の、ダメなところと。たぶん私は、私に向かって反論することのできない体を非難し、苦しめてきた。たぶん、絶望は他のところから、もっと遠いところからやってきている。生きる力の不足や、際限のないペシミズムや、悲劇の中での自己陶酔から。濃密な、痛みに満ちた生活。痛みがもたらしてくれる日常生活からの隔たり。最後の告白の透明性。最後の日の、遺言執筆の緊張感。残される人の厳粛な面持ち。剥き出しの真実。悲劇の浄化作用。自分の人生に収支決算をつけようとする執念。それをいくつもの可能性に開いて、果てしなく分かれていく道筋をたどっていくのではなく、むしろ、その終わりを想像すること。

一本の線を引くこと。遺言状が必要だ。もうこれ以上、偶然が私たちを導かないように。もうそれに苦しまないように。この自己喪失の論理は、はまり込んで身動きのとれなくなっている人たちに任せておくこと。こんな生き方に我慢したり、それを受け入れたりしないこと。それを乗り越え、禁じ、忘れること。法のように立ちはだかるこの苦痛を締め出すこと。その苦痛の望みや野心の犠牲となって、身を放棄するのを拒むこと。自分自身を低く見積もってしまわないこと。自分自身の内に、ただ痛みだけが現れる単調な生活に、閉じこもるのをやめること。そんな生活に出来事を、自分の選択の指針を期待しないこと。この身体の法の専制から抜け出すこと。私は諦めていたし、そのことさえ分かっていなかった。私は自分自身の存在を空っぽにしていた。突然、いろんな非難が正しく思えてくる。それらの非難が当然で、必然的で、明白なものになる。病いは私からすべての物を没収してきたのだが、私はそれにあっさりと同意してしまっていた。私がそれをうながし、それを指針にしていた。私は、目の前にあるものをすべて焼き払い、友情を破壊し、人間関係を壊し、計画を押しとどめるこの力にとらわれるがままになり、おそらくはそれに魅了されてもいた。その力が、若い芽を摘み、希望と欲望を吸い上げ、それらを汲みつくしてしまったのだ。

危険を冒さなくてはならない。意を決して。それが自分自身の生を取り戻す唯一の方法なのだから。

それでも、奇跡のような日々がある。自分が別の時代の人になったように思える日々。私たちの中に宿っている力が何かの間違いであるかのように、それほどまでに異例なものに思える日々。自分には関係のない力。たぶんそれは自分に向けられたものではなかったのだ。ただ、誰もその間違いを指摘しないだけ。できすぎていると思いながら、その間違いを受け入れ、守り、利用しようとする。

放免されている朝、痛みが私たちのことを忘れてしまったような朝がある。治ってしまっている朝。明日も同じように体は軽く楽なままであると信じてしまう朝。一進一退の闘いを続けていく中ですり減ってしまった希望がよみがえる朝。なぜかは知らないが、ただ自分は生きていると感じられる朝がある。鳥は自分のためだけにさえずり、空は青く、そしてそれは偶然ではないかのようだ。きっといい一日になるに違いない。みんなが楽しげで、にこやかな一日に。周りの人間は、自分の上機嫌が感染して、反映したものでしかない。

たぶん、明日もまだ、ちゃんと元気で生きているというこの信じられない感覚が続いていくのだ、と思う。もちろん、夜にはそんな感覚は消え去り、時にはその見返りを負わされる。往々にして、翌日の痛みが、この行き過ぎた楽観の代償を支払わせることになる。そんなものを信じて、はしゃいで、興奮してしまってはいけなかったのだ。

そのあとには、危ういバランスと、それを保つことへの希望が残るだけ。少しの風がそよいでも、それは揺らいでしまう。けれども、このはかないバランスの中で、生きていくことができる。病いはその緊張を高める。病いは、震える手の中に、かすれる声の中に、きれぎれの息の中に、死の可能性と、その対極の可能性とを刻み込んでいる。どっちでもいい。とにかくこんな風に生き続けることができるのだ。この引き裂かれた生を。

物語の結末は、病いがいずれ私の体の中に引くことになる境界線にあるわけではない。私の人生の終わりを決めるのは、病いと闘う私の身体的な力ではない。それは、私自身の限界である。病いが私に及ぼす有害な影響に抵抗する、私の力。私の私的な領域に対する病いの干渉の一切に、その気まぐれとわがままに耐える力。私の命を吸い上げてゆく、この貪欲な命に。私の自由の中に忍び込み、これを侵食していく寄生者たちに。

私の命が終わるのは、病いが私を汲みつくしてしまうからではなく、私の忍耐を汲みつくしてしまうからである。それは私が、この迷惑な第三者、この嫉妬深い恋人、他のすべてを押しのけて独り占めにし、熱意に水を浴びせ、生命力を抑え込む者に我慢ができなくなる時だ。

私の中で病いが臨床的に進んでいくことによって、最期が告げられるのではない。それは、病いの象徴的な勝利である。私にとどめを刺すのは病いではなく、病いを前にした私の弱さ、私の諦めの確認である。

物語の結末、それはこの侵入者に対する私の許容力が途絶えるところにある。病いによって作り変えられてきた私に、私が耐え切れなくなった時、物語は終わるだろう。私がもうそこに、私自身の姿を見ることができなくなってしまう見知らぬ地点まで、病いが私を引き下げてしまった時。病いが私の中に呼び起こした恐れが、とどまることを知らなくなる時。私がもう、不安と痛みでしかなくなる時。飽くことのない病いが、私の体にとりつくだけでは我慢できず、私の思考に壊疽を起こさせた時。病いが完全に私と一体になった時。私が、症状に、生物学的プロセスと、治療でしかないものに引き下げられた時。人が私のことを話した時に、病いのことしか語られなくなってしまった時。私がもう病いそのものでしかなくなるところまで、病いが私を極端に単純化してしまった時。病いが、私を完全に呑み込んでしまった時。

訳者あとがき

本書は、Claire Marin, *Hors de moi*, Editions ALLIA, 2008. の全訳である。

著者クレール・マランは、一九七四年、パリ生まれ。二〇〇三年にパリ第四大学（ソルボンヌ）で博士号を取得した哲学者である。現在、「現代フランス哲学研究国際センター」のメンバーを務めるとともに、高校（Lycée Alfred Kastler de Cergy-Pontoise）の教員として哲学教育に従事している。本書のほかに、『病いの暴力、生の暴力（*Violences de la maladie, violence de la vie*）』（Armand Colin, 2008）、『熱のない人間（*L'Homme sans fièvre*）』（Armand Colin, 2013）、『病い、内なる破局（*La maladie, catastrophe intime*）』（PUF, 2014）がある。また共著として『自己の試練（*L'Epreuve de soi*）』（Armand Colin, 2003）、『苦しみと痛み、ポール・リクールをめぐって（*Souffrance et douleur, Autour de Paul Ricœur*）』（PUF, 2013）他が刊行されている。

近年の著作において主題化されているのは、一貫して「病い（maladie）」と「治療（soin）」である。本書に語られているように、彼女自身が関節炎をともなう自己免疫疾患に苦しめられており、パリのラ・ピティエ・サルペトリエール病院に何度か入院している。この経験にもとづいて彼女は、「病む」ということ、「治療すること」、「治療を受けること」、「病いとともに生きていくこと」の意味を根源的に問い直す作業に向かっている。

ただし、その多産な執筆活動の中にあって、本書はやや特異な位置を占めている。その他の著作が学術的な研究書（哲学書）の形式を踏み外さないのに対して、『私の外で』はジャンルとして分類しがたい書物である。原著のカバーには「小説（roman）」と記されている。さしあたりこれは、文学の領域に属するひとつの物語として受け取ることができるだろう。しかし、本書がどのような意味で「小説」と呼びうるのかについては検討の余地があるし、狭義の「文学」としてではなく、生の体験に根ざした哲学的省察の書として受け止めることも、あるいは患者の「思い」を伝える闘病記として読むこともできる。その位置づけは読み手の関心に応じて多様であってよいし、ジャンルの区分それ自体に強い意味があるわけではない。大事なことは、著者の個人的な体験にもとづいて、強い緊張感をともなう言葉が現れていること。その言葉を通じて、病いの現実、あるいは生の現実のとらえ直しがはかられていることにある。

マランにとって、「小説」という形を取ることは、学術的な定型にとらわれない自在な書き方（語り方）の模索を可能にしているように見える。短く切り詰めた表現と、そのリズミカルな展開によって進んでいくテクストは、時に説明もなく文脈を飛び越えたり、視点を移動させたり、人称（代名詞）が変更されたりして、その文学性ゆえの読みにくさもある。しかし、その文体上の創意を通して、ここには明晰な思考の継続が追求されている。激しい感情があふれ出す場面においても、言葉は現実への批判的距離を保ち、病者の置かれている状況を覚醒した視点によって描き出していく。『私の外で』を読むということは、病む身体がもたらす思いもよらなかった現実と、その経験をとらえ返そうとする言葉との、緊迫した葛藤の過程に寄り添うということである。

マランが経験している疾患の正確な診断名は、著作のどこにも記されていない。書誌をめぐる周辺的な情報の中には、「リューマチ性の多発性関節炎に類する自己免疫疾患」という、いささか曖昧な表現が用いられている。本書の中に示されているいくつかの具体的症状から、それは「膠原病」という言葉でゆるやかにくくられているような疾患群のひとつ、あるいはそれに隣接するものと推察される。しかし、正確な病名をつきとめることや、その疾患に関わる「医療情報」を収集することが重要なわけではない。免疫機構が自分自身の身体に対する攻撃性を備え、関節を冒し、身体の動きを制限し、身体の変形をもたらし、激しい疲労と、時に激しい痛みを与える。薬（ステロイド剤）の副作用で皮膚が薄く透け、筋肉が脆弱化している。そして、今のところ、この疾患に治癒をもたらす手段は見いだされていない。テクストから確実に読み取れるのは、こうした事実である。

ただしこの時、この疾患が「自己免疫」に由来するものであることは大きな意味をもっている。周知のように、免疫とは、自己の身体の中に「自己以外の高分子や細胞」が進入した際に生じる生体反応である。そして、多田富雄が論じたように、それは「微生物から体を守る生体防御」の働きにとどまらず、「自己」と「自己でないもの（非自己）」を識別し、「非自己」を排除して「自己」の全体性を守る機構でもある。しかし、免疫学の知見によれば、何が「自己」で、何が「非自己」なのかは「必ずしも明確ではない」。免疫系の細胞、特に胸腺という小さな臓器の中で作られたT細胞が体内を循環し、自分自身の細胞と同じ「旗印」をもっていない細胞を発見するとこれに対する免疫反応を引き起こすのであるが、ここで識別される「自己」と「非自己」の境界は、「先天的に決まっているのではなく」、「T細胞が胸腺という環境の中で発達する間に」確立されていくものである。免疫システムは、時として「非自己」の侵入に過剰反応を示し「アレルギー」を引き起こしたり、「寛容」であるべき「自己」を排除したりする。これが「自己免疫疾患」と呼ばれる。それは、「非自己」の識別と排除によって構成される「自己の体制」を、その内側から崩壊させていくメカニズムの発動である（多田富雄『免疫の意味論』、青土社、一九九三年、『免疫・「自己」と「非自己」の科学』、ＮＨＫ出版、二〇〇一年参照）。

自己免疫疾患に対する治療は、どうしても逆説的な構図を取らざるをえない。それは、自己の身体を守るために、自己を守るためのメカニズム（免疫）を脆弱化させなければならないからである。「自己」は「自己」によって攻撃されており、その攻撃を鎮静化させようとして働きかければ、「自己」は「非自己」の侵入に対して脆弱なシステムとなるしかない。

免疫の力を低下させるということは、そのシステムが支えている「生命体」としての「自己同一性（アイデンティティ）」を脆弱化させることである。（心臓移植によって、同様に免疫の抑制をはからねばならなくなった）ジャン＝リュック・ナンシーの言葉を借りれば、「アイデンティティと免疫は等価で、一方は他方に一致する。一方を低下させると、他方も低下する」（Jean-Luc Nancy, *L'Intrus*, 2000. 西谷修訳、『侵入者』、以文社、二〇〇〇年、三〇頁）のである。

この抜け出しがたい矛盾の中で、「病い」は外部から侵入したものによって蝕まれていく過程としてではなく、自己システムの「自壊」作用として受け止められる。それは一種の「闘い」としてイメージされるものの、自己と他者（非自己）との闘争ではなく、ある意味での「内乱」（自己の自己に対する裏切り）として理解される。彼女が日々に感じ取る「痛み」や「苦しみ」は、「自分自身を破壊し」「自らを犯そうとする」「残酷な生命過程」を生きていることのしるしである。

それは、不条理な現実だと言えるだろう。しかし、この「自己破壊」の現実を「不条理」ととらえる時、私たちはどこかで「生命（体）」に対するナイーブな信頼を前提に置いているのかもしれない。つまり、生物の体は、本来「自己」を守るもの（外部からの侵入を防ぎ、自己と環境との境界を保ちつつ、適切な均衡を維持するように働くもの）であることを、「自然」の理として想定するからこそ、この「免疫システム」の作動を「理に反したもの」と受け止めてしまうのだ。

マランの思考は、そのナイーブな前提を疑ってかかるところへと導かれる。『私の外で』と同年に刊行された彼女のもうひとつの著作は、『病いの暴力・生の暴力』と題されている。

「病い」が「生」に対する暴力として位置づけられるのは当然であると思われるし、それは私たちの常識的な感覚に見合っている。しかし、マランはその先に、実は「生（la vie）」そのものが暴力なのではないかと問い始めているのだ。

確かさとゆるぎなさに対する本質的な心理的欲求は、人間がその生を再創造するような、生のイメージの中に投影されてきた。科学や技術は、とりわけ医療の領域では、この創造的で生成的な生の表象を保とうとするものであった。すなわち、生は躍動であり、生産の原理であり、力の増大であり、二項対立的な区分にしたがって、衰退や滅亡や死に対置されるものである。したがって、科学や技術は、死が生命過程の中に組み込まれているということ、循環する自然がそれを示しているように、生命そのものが解体の原理であることを忘れている。生命体の中で作動するこの崩壊の現実は、肥沃で生成的な生という慰めの像によって覆い隠されている。偶発的にではなく、必然的で本質的なものとしての解体という考え方は、人々が生に期待する穏やかな表象と相容れることがない。しかし、生命に内在するこの解体の論理、さらには自己解体の論理は、ペシミスティックな哲学の理論的な幻想ではなく、生命体の固有性のひとつである。ただし、今日それが現代の生物学によって確認されているとしても、容易には受け入れがたいものにとどまっているのである。（*Violences de la maladie, violence de la vie*, 一四〇頁）

「生命」はそれ自体において「躍動」であり「創造」であり「生成」であり、その対極に「衰退」や「滅亡」や「死」が位置づけられる。医療は、この生命それ自体の豊かな生成の力を維持・促進するための技術として、そのような「イメージ」や「表象」を保つことに貢献してきた。だが、その時私たちは「生命そのものが崩壊の原理であることを忘れている」。生きるということは「解体」の過程を生きるということであり、「病いとは、生命体に内在する解体が目に見えるようになり、明らかになる過程の経験」ではないのか、とマランは問いかける。「病いは、今日の表象を支配しているようなそれとは異なる、生命体の本質に関する直観を押しつける」。すなわち、身体はおのずから「健康」を求めて、個体の生の健やかな延長を求めて作動するのではなく、「引き裂かれ、破綻し、次いで解体し、壊れていく」ことを、むしろ本質としている。したがって、自己の身体を生きるということは、そこに内在する「暴力性」を受け止め、「生は解体的なものである」という現実を迎え入れることなのである。

近代の医学は、この「生命体そのものの暴力性」を「否認」するものとして展開されてきた。病む身体は常に「治癒」の可能性に開かれており、身体はそれ自体において「病い」を乗り越えようとする力を宿している。そして、人間は「病い」を「試練」として受け止め、その克服に向けた努力の中に、「生の本質」にかなう「意味」や「価値」を見いだしうるのであると考えてきた。だが、果たして本当にそうなのだろうか。

病いが、口当たりよく治癒の論理、試練による主体の強化の論理の中に再統合されるとしても、その根本の意味は、反対に主体の脆弱化を示している。この躓き（破綻 échec）としての病いの現実、諸力の消耗を告げるものを、私たちはつらい思いをして受け入れる。病いは、衰退のしるし、手におえない漂流（制御不能状態）のしるしであり、それは私たちを健全な状態、健康から次第に遠ざけていく。病者であるということ、それは、「自らの身体に躓く」こと、身体を力動的な流れから引き離し、不動のはしけにつなぎとめることである。（同書一四九頁）

病む身体は、長い間自らの「規範」として現れていたものから、生命体が遠ざかる可能性を明らかにし、その規範の暫定的で可変的な性格を示唆し、その歴史性、時間の中でそれが変わっていくことの不可避性を示す。（同書一六二頁）

「個人の生とは、その始まりからすでに、生の力の縮小である」。ジョルジュ・カンギレムの思想に寄り添いながらマランはそう述べる。そして、「自己免疫疾患」の現実は、生の暴力性と盲目性を見すえるこの視点を私たちに要求する。「免疫学とともに、まさに自己破壊が、人間存在の可塑的な進化の本質的要素として現れてくる」のである。そうであるとすれば、自己免疫疾患は本来あるべき状態からの逸脱ではなく、生命が自らを解体させていく本来の過程のひとつの形である。この現実を明晰に見すえるところから、「新しい倫理」もまた生まれるとマランは考える。

「私たちは決して元の状態には戻らない」のであり、「病いとは私たちの存在の劣化」であり、しかしそこにこそ「存在の意味はある」。つまり、「弱っていくということ」が「私たちの存在そのものの意味」なのだ。しかし、私たちは「それに備えるような言葉」を持ち合わせていない。だからこそ、彼女が自己解体していく自分自身の様を見すえ、それを克明に言語化していくことに、「教え」としての、あるいは「証言」としての意味があることになるだろう。

ここで、著作のタイトルについて触れておく。

原著は、そっけなく *Hors de moi* と題されている。これだけでは内容を想像できないように思われるので、「自己免疫疾患を生きる」という副題を加えた。原題そのものは、直訳的に『私の外で』としたが、この言葉にはいくつかの意味の重層を読み取ることができる。

まずは、命令文としてのニュアンス。「私のところから出て行って！」。ここには、自らの身体に侵入した病いを外に追い払ってしまいたい、という思いが込められている。ただしマランの場合、自分自身の病いを「自分の中に侵入した外敵」と見なして、これを「外部へ」と掃討するような闘い方（語り方）ができるわけではない。彼女の疾患は、免疫システムが、自分自身に向けて攻撃を継続することによって生じているので、自分自身と「病い」との関係を、単純な「自己」対「外敵」の闘いというメタファーに託すことができない。その意味で「私の外へ出て行きなさい」という言葉は、あらかじめ空回りを余儀なくされている。

また、フランス語の hors de soi（soi は三人称単数。これを一人称単数に置き換えれば

hors de moi）という表現には、「怒りにかられて」「かっとなって我を忘れて」という意味もある。確かにこのテクストは、終始、激しい怒りの感情によって貫かれている。疾患がもたらす痛みや苦しみへの怒り、その体験を受け止めることのない医療者や周囲の人々への怒り、そして、自分自身への怒り。その多層的な怒りの発露としてこの著作は書かれている。これが表題の第二の含意である。

しかし、実際のテクストの中で hors de moi という表現が使われている文脈では、病んでいる身体が自分自身の一部ではなく、その外部に連れ出されている状況、あるいは、自分自身の身体とそこに進行する病いの現実を一歩退いたところから見すえようとする「私」の意識のあり方が指し示されていることが多い。「私の体」が「私の外」にある、そして、この「私」に触れるのではなく「私の身体に手を伸ばす」人がいる、あるいは、「私」は「私の身体」と敵対的に向き合おうとしている。こうした、身体との疎隔の感覚と、同時にそれを体験しつつ観察する自己の超越の感覚が、この表題の三つ目の含意としてある。それは、第一の含意に関わるところとはまた少し別の位相において、「病む身体」と「自己」との関係を問い直している。自分の身体が「病い」によって占拠されていくとき、そしてそれが治療（soin）の対象となるとき、「私」が「私」であるとはどのような事態なのか。

これを問うことが本書のひとつの主題である。

どこに最も重要な含意があるとは言い難い。いくつかの意味を集約する形で、このごくシンプルな表題が選びとられているのである。

いずれにせよ、本書には、完全な治癒を期待することのできないこの病いを生きる人の、赤裸々な思いがあふれ出している。その中心にあるのは、「怒り」の感情である。一方においては、冷静に自分の置かれている状況を見つめ、理性の人（哲学者）であり続けようとする姿勢が保たれているのであるが、この著作全体を駆動しているものは何かと問われれば、それは彼女が感じている激しい怒りだと答えることができるだろう。テクストのいたるところに怒りが表れている――統制も予測もできないまま「自己解体」を続けていく身体への。病いの進行とともにかつての自分自身ではなくなっていくことへの。「私」に触れるのではなく、「私の外」でこの体を処置していく医療者たちへの。そして、この現実を確実にとらえることも、人に伝えていくこともできない言葉の無力さへの。怒りが言葉を生み落とし、すべての言葉にそれが充填される。『私の外で』を読むということは、言葉に託された、しかし言葉には尽くしがたいこの感情を受け止めることでもある。それによってはじめて、私たちは「病む」という現実をめぐる彼女の思考を共同化することができるのではないだろうか。

訳者としては、本書が彼女の生の現実と、そこに湧き上がる思いを、大きく歪めることなく伝えていることを願うばかりである。

（「あとがき」の執筆にあたって、拙論「生との闘い―C・マラン『私の外で』（二〇〇八年）を読む」、『社会志林』六〇巻・四号、法政大学社会学部学会、二〇一四年の一部を転用した）。

これまで、文学の研究書の翻訳を手がけたことはあったが、これほど修辞的形式性に貫かれたテクストを訳すのははじめての経験である。できるかぎり正確に、そして原文のリズムを損なわないように努めたつもりであるが、まだいたらない箇所が残されているかもしれない。お気づきの点があればご指摘、ご叱正いただければ幸いである。なお訳注については、本文内に〔　〕で示している。

原文の理解にあたって、法政大学社会学部の同僚である高橋愛先生にご教示をいただいた。また、出版にあたっては、ゆみる出版の田辺肇さんにお世話になった。そのほか、力添えをいただいた方々にもお礼の言葉を申し上げたい。
ありがとうございました。

二〇一五年三月

鈴木智之

訳者略歴

鈴木智之（すずき・ともゆき）

1962年東京生まれ

慶應義塾大学社会学研究科博士課程単位取得退学

現在　法政大学社会学部教授

著書　『ソシオロジカル・イマジネーション　問いかけとしての社会学』（共著　八千代出版　1997年）

『ケアとサポートの社会学』（共著　法政大学出版局　2007年）

『村上春樹と物語の条件』（青弓社　2009年）

『「心の闇」と動機の語彙』（青弓社　2013年）

訳書　シモーヌ・ローチ著『アクト・オブ・ケアリング』（共訳　ゆみる出版　1996年）

ジャック・デュボア著『探偵小説あるいはモデルニテ』（法政大学出版局　1998年）

アーサー・W・フランク著『傷ついた物語の語り手』（ゆみる出版　2002年）

私の外で――自己免疫疾患を生きる

2015年5月12日　初版第1刷発行

クレール・マラン　©訳者　鈴木智之

発行者　田辺　肇

発行所　株式会社　ゆみる出版

東京都新宿区新宿1-7-10-504 電話03(3352)2313・振替東京2-37316

印刷・文昇堂／製本・難波製本

ISBN978-4-946509-50-6